泛露西亞詩學理論 kap 台語現代詩研究

◆◆◆

何信翰

目　　錄

序言：台語詩研究——迷思 kap 欠缺......................................1

第 1 章：由本體論進入方法論 ê 泛露西亞文本中心理論.................15

第 2 章：形式主義 kap Phu-la-ku（Prague，布拉格）功能語言學派..33

第 3 章：Tha-lo-thu（Tartu，塔爾圖）符號學派........................61

第 4 章：Bi-na-ku-la-tó-hu ê 文學修辭學派...........................79

第 5 章：Sang-khu-thu Pe-te-lu-pu-lu-ku 詩學中心..................93

結語...133

參考冊目...135

附錄：本冊使用 ê 露西亞地名 kap 人名 ê 台／露／華對照表........143

序言：台語詩研究──迷思 kap 欠缺

文學研究 ê 分類 kap 走向

　　文學研究會當分做「文學理論」、「文學批評（評論）」kap「文學史」等 3 ê bô 仝 m̄-koh 互相有牽連 ê 部份。若用探討 ê 對象來區別，「文學史」將文學看作連續無斷、chhin-chhiūⁿ 1 條大河 ê 存在全款，將個別 ê 文學作品、個別作者，甚至是 kūi ê 文學流派 chiaⁿ 作探討 ê 主要客體，將 in khǹg 佇文學演變 ê 歷史來看，khì chhiau-chhōe in 演變 ê 脈絡 kap 佇歷史頂懸 ê 地位。Beh 做文學史 ê 研究需要 tùi 文學作品有大量 ê 閱讀，chiah 會當 tùi 所分析 ê 作品、作家、派別 ê 歷史定位做正確 ê 說明。

　　相對「文學史」，「文學理論」是用無形 ê「思維」為主，用文學 ê「本體」做探討對象。伊 siōng 中心 ê 問題，就是「文學是啥物」,「研究文學應該 ài 用啥物方法」──也就是文學 ê「本體」kap 研究 ê「方法」。西洋 ê 文學理論傳統是 ùi 希臘時期 tioh 開始，早期 siōng 出名 ê 理論冊 tioh 是亞里斯多德 ê《詩學》。佇文學研究 ê 歷史頂頭，逐 ê 時期攏有出名 ê 文學理論家出現。親像浪漫主義 ê 盧梭（J. Rousseau），寫實主義時期 ê Pie-lin-su-kı（B. Белинский，別林斯基）、Chhe-li-ni-se-hu-su-ki（Н. Чернишевский，車耳尼雪夫斯基）[1] 等等。

---

[1] 台灣一般 ê 讀者 lóng 會認為所謂 ê「原文」tioh 是「英文」。所以除 liáu 日本、韓國、中國 chiah ê 有「漢字」地名、人名 ê 少數國家以外，講 tioh 其他國家 ê 人名、地名 lóng ài 加入「英文原文」來避免翻譯所造成 ê 無

傳統 ê 學界 tùi 文學理論 bô chin 重視，大部分 ê 人攏認為文學理論不過是「次生文學」，是服務創作 ê，是 chhōe-chhut「按怎寫 chiah 會寫 liáu koh khah 好」ê 方法。所以佇 20 世紀以前，所有 ê「文學理論」差不多攏 chiâu 是「創作理論」——古典主義文學理論 V.S.古典主義文學作品；浪漫主義文學理論 V.S.浪漫主義文學作品；寫實主義文學理論 V.S.寫實主義文學作品；象徵主義文學理論 V.S.象徵主義文學作品等等。

M̄-koh 情形 tùi 文本中心開始產生 chin 大 ê 變化：文學理論者所關心 ê，已經 m̄ 是「按怎寫」ê 問題，大家開始注重「按怎看作品」。文學理論開始 kap 創作脫鉤，開始「職業化」，變成一門單獨 ê「科學性」學科。文學理論開始產生包括作家在內 ê「外行人」chin oh bat ê 道理，1 套除 liáu 文學專用辭典以外，其他 ê 辭典 mā sù 常 chhōe 無 ê 術語。文學理論 soah 來變作 1 種 kap 文學欣賞、文學創作攏無仝 ê 獨立活動。

「文學批評」ê 地位是處佇頂面 chit 2 種文學研究 ê 中 hng，使用當代 ê 文學理論分析實際 ê 文本，kā 理論 kap 作品結合。助傳統作者中心時代，文學批評全款 chin 無受 tiòh 重視。因為照作者中心 ê 概念，作家家己 chiah 是 siōng 了解家己作品，siōng 有權威的批評家。其它人 ê 理解若是 kap 作家自身 ê 理解無仝，大家會認為作家 chiah 是對 ê，因為是 in 創作出作品。M̄-koh tng-tong

---

正確理解。M̄-koh，對濟濟 ê 非英語國家來講，英文 mā 是「譯文」ê 1 種。Ùi tiòh beh 表達正確 ê「原文」概念，除 liáu 目錄以外，本論文佇講 tiòh 露西亞（Россия）ê 地名、人名 ê 時，lóng 會加入「原文」（露西亞語）ê 說明。

文學研究 ê 發展 tāu-tāu-á 轉向文本中心甚至是後來重視「讀者 tùi 文本內底看會出啥物」ê 讀者中心，作家「1 元中心」ê「詮釋霸權」漸漸減弱／失落。有理論基礎 ê 文學批評家漸漸以 in ê 專業性取代作家 ê 主觀批評。若講作者中心時代 ê 文學批評家 kap 讀者 khiā 佇仝 1 邊，攏是 leh「khe-khó／推測／ioh」作家 ê 想法，佇文本中心以後，tiòh 是文學批評家家己 khiā 佇 1 邊，m̄-nā 是讀者，m̄-bat 理論 ê 作家本身，tùi 文學批評 mā hông 算是「外行人」。

佇文學理論演變 ê 過程內底，自亞里斯多德 it-tit kàu 21 世紀 ê chit-má，攏總經過 2 kái 大轉向。Chit 2 擺大轉向攏發生佇 20 世紀：第 1 擺轉向是佇 20 世紀初期發生 ê「按作者中心轉向文本中心」。第 2 擺轉向是 20 世紀後期 ê「按文本中心轉向讀者中心」。所謂 ê「作家中心」，tiòh 是以「探討作者意向」為主要文學分析任務 ê 理論，詳細會當參考後面第 2 章「形式主義」ê 紹介。「文本中心」注重文學作品「本身」ê 研究，tùi「作者」、「作品 ê 時代背景」等等，文學「外部」ê 研究無 chin 關心，是本冊主要 beh 探討 ê。「讀者中心」無關心作者 kap 文本，伊 ê 重點 khǹg 佇讀者因為各自 ê「先在知識／經驗」所造成，tùi 文本 ê 無仝理解／獨到 ê 看法。

佇台語文學研究內底，大部分 ê 研究攏是「文學史」類 ê 論文／專冊。文學理論 ê 差不多攏無專冊，tiòh 算是有講 tiòh 理論 ê 論文 mā 是 chin 少 chin 少。文學評論 ê 論文 khah 濟。M̄-koh 因為台灣接觸「文本中心」理論 khah 晚，文學界若毋是 iáu 用傳統「作者中心」研究法（大部分是停留佇寫實主義 ê 角度，少數有浪漫

主義、象徵主義等等研究法）為評論 ê 主體，就是使用「後殖民」、「女性主義」等等，「siōng 新」ê 文學角度來做文本 ê 批評，完全跳過「文本中心」chiah ê 佇 20 世紀歐美文學研究界有重要地位 ê 理論。

若是深入探討台語文學界 ê chit ê 欠點形成 ê 原因，tiỏh 會當發現台語文學界（甚至 kúi ê 台灣文學界）有以下 kúi 點迷思。Tiỏh 因為 chiah ê 迷思，阻礙 tiỏh 台語文學／台灣文學 ê 發展，mā hō 台語文學／台灣文學研究無法度有 chin 深 ê 基礎：

台語文學 ê 迷思

目前台語文學界，甚至是 kúi ê 台灣文學界 siōng 大 ê 2 ê 迷思 tiỏh 是「外國 ê 文學理論一定未適合本土 ê 文學」，iảh-是「除了『現在』世界上新出現 ê 文學理論以外，其他 ê 文學理論全攏是『過時』ê，用佇現今 ê 文學批評並無 siuⁿ 大 ê 價值」chit 兩種講法。

事實上，文學理論所探究 ê，tỏh 是文學 ê 本質，mā 就是「文學是啥物」。以科學來講，屬佇「基礎科學」毋是「應用科學」。基礎科學 ê 原理應該是行到 toh 攏仝款，就 ná 準講人體 ê 骨骼結構並無因為是本國人 iảh 是外國人 tiỏh 無仝；化學元素表 mā 未因為佇國內 iảh-是國外 tiỏh 無仝。所以，無論文學理論是佇國內 iảh-是國外發現 ê，攏應該適合大多數 ê 文學作品。就 thẻh「形式」kap「內容」來講：無論是 hit 個民族、hit 個國家 ê 文學作品，攏有伊 ê 形式 kap 內容；這兩者 ê 關係無論是佇 toh 1 ê 地區 ê 文學作品內底，攏袂有無仝。

事實上，各種地區 ê 文學作品確實會因為語言特性 ê 無仝 kap

發展 ê 階段無仝 á 有改變，就 kah-ná 法文詩 kap 露西亞語詩的確會因為重音永遠佇上尾 1 ê 音節（法文）kap 重音不一定佇 toh 1 ê 音節（露西亞語）所以佇格律 ê 表現頂頭有無仝款，毋過對佇詩 ê 押韻 kap 格律 ê 功能 kap in kap 詩 ê 內容 ê 關係，無論佇用 toh 一種語言寫作 ê 詩攏是仝款 ê。

另外一種毋對 ê 講法，mā 就是「除了『現在』世界上新出現 ê 文學理論之外，其他 ê 文學理論全攏是『過時』ê，用佇現今 ê 文學批評並無 siuⁿ 大 ê 價值」chit 種想法。Chit 種對「上新」ê 追求，其實 kap 對「siōng 大」或「siōng 濟」等等表象 ê 追求是仝款 ê，是無一定需要 ê：

確實，科學 ê 進展日新月異，仝款 ê 學科佇無仝 ê 時期攏會產生無仝 ê 新理論、新觀念。Chiah-ê 新理論、新觀念 ê 產生往往會推翻舊 ê 研究，甚至 kā 逐家認為慣勢 ê 觀念完全 péng 過。這 mā 就是學者所講，「科學不斷向前推進，新 ê 研究成果擠壓舊 ê，koh kā 舊 ê 研究推到學科歷史 ê 邊緣」（Холшевников E.，1975，tē 643 頁）。毋過佇學術發展 ê 過程中，有寡成果是會當佇相當久 ê 時間內，佔有重要 ê 地位。「有寡研究成果（著作）並無 tòe 時代 ê 進步 koh 縮減伊 ê 重要性，甚至是越來越重要，雖然伊其中一部分必須 tòe 新 ê 研究產生 ài 做稍寡 ê 修正」因為「ɪn 就是 hiah ê 研究學科 siōng 基礎、siōng 核心部份理論 ê 著作」（Холшевников E.，1975，tē 643 頁）。Mā 就是講，舊 ê 不一定無好，新 ê mā 不一定就完全對。一種理論 ê 價值並毋是佇伊 ê 新舊，iàh-是佇伊 ê 本質。雖然露西亞文本中心 ê 文學理論盛行 ê 時間是佇 20 世紀初期

到中、末期，毋過佇 21 世紀初 ê 現在來看，mā 無失去伊 ê 價值。

文本中心理論會當替台語文學／台灣文學界帶來 ê 好處

佇破除頂面所講 ê 2 個迷思了後，下面 beh 探討文本中心文學理論應用佇台灣 ê 詩歌分析會當帶來 ê 功能：

1. 科學化

任何學科 ê 發展，攏會經過「學科化」kap「科學化」ê 過程：所謂 ê 學科化會當講是學科 ê「形成」過程，mā 就是學術界開始將對某類事物 ê 研究獨立出來，單獨形成 1 ê 專門 ê 學科。「科學化」，則是「佇科學 ê 意義頂頭對學科進行學術性 ê 定義 kap 規範」，mā 就是學科開始使用「科學 ê 方法」進行研究，koh 開始形成自身 ê 研究法 kap 特別 ê 專有名詞。

佇台灣 ê 文學研究，tùi 各大學文學相關系所已經開設 ê 真濟「文學理論」、「現代文學理論 kap 批評」chit 類 ê 課程；kap 各文學研究所入學考試差不多攏 kā 文學理論列做必考科目 ê 其中一項，就會當看出台灣 ê 文學理論已經有一定 ê「學科化」loh。

毋過，佇學科形成 ê 過程，學術界大部分攏認為「學科化 kan-ta 是開始」，伊「是學科成形 ê 標志，毋是成熟 ê 標志」。1 ê 學科 beh 成熟，就 ai 行向「科學化」——無論是自然科學 iáu 是人文科學攏是按尼。若是 kā chit ê 觀點 khǹg 佇作為 1 ê 學科 ê 文學理論頂頭，就會當知影「文學理論實現學科化，就 ai 考慮其科學化，這是學科行向成熟一定 ai 行 ê 路」（宋偉，2004，tē 129 頁）。

換 1 ê 角度，無 tùi「文學理論」本身 tùi 整體「文學研究」ê

觀點來看，文學研究成做 1 ê「社會科學」ê 學科，自然需要「科學性」，chit ê 研究應該 tiȯh 用「科學」ê 方法進行，用「科學」ê 語言來描寫。按尼，文學研究 chiah 會當避免 hō 研究其他社會科學學科 ê 學者批評「無夠客觀」iȧh-是「並 m̄ 是『科學』」。

Beh án-choaⁿh chiah 會當 hō 文學理論達到「科學化」？露西亞文本中心 ê 文學理論，tú 好提供了 chit 方面 ê 解答：代先，chiah ê 理論放棄傳統文學內底，kā 作者生平 iȧh 是創作背景 kap 文本連結 ê 方法，改做探討作品本身 ê 形式 kap 意義。Chit 種 ê 轉變，對文學 ê 科學化無疑是有幫助 ê——對佇作者家己 ê 經歷 kap 作品內容 ê 關係，咱真 oh 去證明：一方面有大部分文學作品 ê 作者攏已經是過去 ê 人，in ê 生平經歷有真濟時陣 mā 攏是謠傳 niâ-niâ；就算是現在 iáu 活 ê 作者，對過去所發生過 ê 代誌是毋是會記得真清楚，會當佇回憶錄 iȧh 是佇訪談內底正確來陳述，採訪者 iȧh 是回憶錄作者是毋是有法度真精確 kā 經驗陳述出來，mā 毋是無疑問；另一方面來講，文學作品 ê 情節是毋是 kap 作者生平經歷有絕對 ê 關係 mā 有淡薄 á 受爭議。

比較起來，重視「文本」本身 ê 研究就真科學性——當然，這 mā 受 tiȯh 語言學佇 20 世紀快速發展 ê 幫助。無論是對作品「手路」ê 研究 iȧh-是「主導手路」ê 研究，tùi 按尼講到 kā 文本看做符號，探究意符 kap 意指關係 ê 研究，iȧh 是對抒情詩結構 ê 探討，露西亞文本中心文學理論 ê 研究方法攏指向「會當證明」ê 文本內底 ê 語言層面。Chiah ê 層面，無論是語音、句法，iȧh 是語意、文體風格攏佇現代 ê 語言學得 tiȯh 良好 koh 科學性 ê 證明，運用

起來袂 hō͘ 人有「無夠科學」ê 評語。這 mā 是露西亞文本中心諸理論 ê 第 1 ê 優勢。

2. 確立文學研究 ê 核心範圍

文學研究 chiaⁿ 作獨立 ê 學科，主要 ê 研究範圍佇 toh 位？文學 chiaⁿ 一種社會科學 ê 學科，伊是毋是會當包括哲學、史學、文化學、教育學等等 ê 學科？chiah ê 攏是露西亞文本中心文學理論研究者 tùi 一開始就真重視 ê 問題。in 提出 ê 文學應該用文本內底 thang 來證明「內部研究」做中心，kā 無法度證明 ê「外部研究」kan-ta 作輔助。針對 chit 點，近代 ê 文學家 mā 持有全款 ê 看法。中國 ê 宋偉就講「外在 ê 研究的確需要，毋過上尾應該 tńg 來到主體本身，若無咱無法度行入文藝本體」(宋偉, 2004, tē 130-131 頁)。Chit 種講法上主要 ê 根據，是文本中心研究者認為 ê 文本是「虛構 ê 世界」，伊 kap 真實 ê 世界無必然 ê 關係。伊 ê 內部 mā 有家己 ê 規則，kap 所謂「真實世界」ê 規則並無相全，反 tńg kap「語言」ê 規則 khah 相 óa。Phu-la-ku 學派 ê 代表人物 Mu-kha-lo͘-hu-su-ki（Ян Мукажовский，穆卡洛夫斯基）就 bat 明確 ê 講：「真實性問題對詩歌作品無適合用，甚至無意義。⋯伊 kan-taⁿ 用來確定作品 ê 文獻價值有 jōa 大」(趙毅衡, 2004, tē 47 頁)。因為露西亞文本中心理論繼承了符號學 ê 觀點，kā 文本看做一種複雜 ê 符號系統。Á 符號學 ê 重要概念之一就是符號具有任意性，意符 kap 意指之間並無絕對 ê 關係；nā 意指 mā 並毋是真實 ê 事物，kan-tā 是一種抽象 ê 概念。所以作為符號系統 ê 文本 kap 真實 ê 世界無交涉。「真理價值⋯是『超語言實體』

（extralinguistic entities），明顯佇詩學 kap 一般語言學範圍之外」（趙毅衡，2004，tē 47 頁）。

3. 提供新 ê 研究法

佇重視研究法 ê 現代社會科學中，成做「方法論」ê 文學理論重要性一直增強，甚至有學者認為「文學理論」上主要 ê 角色是「一種方法頂頭 ê 工具（an organ of methods）」[2]。佇 chit 種情況下，會當提供具備近代社會科學意義 ê 研究法 ê 露西亞文本中心各種理論自然有重大意義。Chiah ê 露西亞文本中心 ê 研究法會當 kap 其他 m̄是文本中心 ê 文學理論 sio-kap，提供 chiah ê 理論科學性 ê 證明。親像 Tha-lo-thu－Ma-su-kho-ba 符號學派「空間」kap「二元對立」ê 方法 kap 後殖民主義同齊來分析文本，會當提供後殖民主義「殖民者／被殖民者」佇文本中形象 ê 證明。當然，除了搭配其他理論以外，單獨使用露西亞文本中心文學理論各研究法，mā 會當提供文本 chin 好 ê 分析。

事實上，近年來 ê 台灣文學研究，m̄管是中文界 ā-是台文界，攏有 1 ê 現象，tiȯh 是研究者大部分攏認為「既然是家己 ê 母語，應該家己 tùi 台語／華語 ê 認 bat 是充分 ê，憑家己 ê 語言能力 tiȯh 會當完全詮釋文本，m̄-bián koh 學習語言學 ê 知識 kap 方法」。事實上，chit 種 kā 語言學基礎 kap 方法當做是旁枝末節 ê「小學」ê 觀念，正是阻礙台灣文學研究進步 ê 其中 1 ê 觀念：親向頂面所講，文學 ê 媒介是文字 kap 語言。所以 beh 理解文本，若是 bô 充分 ê

---

[2] 戴維・米勒，《開放的思想和社會——波普爾思想精粹》。轉引：金永兵，2003，tē 159 頁。

語言學基礎,是無法度達成目標 ê。所以「結合語言學 kap 文學」ê 露西亞文本中心研究法正正會當補充台灣文學界 chit 方面 ê 不足。

為 tio̍h 頂面 ê 理由,佇續絡來 ê 章節內底,1 方面會連續性、邏輯性探討泛露西亞 chiah-ê 文本中心研究法發展 ê 歷史 kap 演變 ê 過程;另外 1 方面會用實際文學批評 ê 例來說明 chiah-ê 研究法佇台灣文學研究內底運用 ê 可能性 kap 優越性,希望為台語文學研究 ê 理論 kap 批評佇文本中心 ê 部份立下 1 寡仔基礎。

選擇台語詩 ê 原因

文學作品 ê 類型 chin 濟:有詩、散文、小說、劇本 4 大類。若是細分,詩 koh 有抒情詩、敘事詩、史詩 3 類;小說 mā 有極短、短篇、中篇、長篇 4 種類型;劇本 mā 有悲劇、喜劇…等等無全 ê 類型[3]。本冊選擇「詩」chiaⁿ 作對象 ê 原因有「台語文學內底 siōng 濟人投入創作,成就 mā siōng 懸 ê 文體是詩」,「泛露西亞文本中心 siōng 主要 ê 分析對象 mā 是詩」chit 2 點。

---

[3] 文體 ê 分類並 m̄ 是單純按照形式來分,內容 kap 情節 mā 占重要 ê 因素:露西亞重要 ê 作家 Phu-si-kin(А. Пушкин,普希金)tio̍h bat 將伊「全篇押韻、遵守一定格律、分行書寫」ê 作品號作「小說」;仝款是露西亞 ê 寫實主義作家 Ko͘-kuo-li(Н. Гоголь,果戈里)mā kā 家己通篇「無押韻、無格律、無分行」ê 作品稱呼作是「敘事詩」;《戰爭 kap 和平》ê 作者 Ta-lo-su-thoi(Л. Толстой,托爾斯泰)mā 講家己 ê 作品(《戰爭 kap 和平》)「m̄ 是史詩,m̄ 是小說,m̄ 是敘事詩」,「是史詩+小說+敘事詩」。另外,極短篇小說 kap 短篇小說、中篇、長篇 ê 分野 mā 無完全是字數,情節 chiah 是關鍵。悲劇 kap 喜劇佇亞里斯多德 ê 時代,mā 早 tio̍h m̄ 是用「結局」來分類。

台語文學佇 19 世紀開始發展，siōng 起先 tioh 是 ùi 詩開始──1885 年 tioh 已經有濟濟 ê 白話字（羅馬字）詩歌[4]。漢詩（文言詩）mā 差不多時間出現佇台灣。台語小說 ê 出現，siōng 早 mā ài kàu 1925 年賴仁聲 ê 全羅馬字小說《Án-niá ê Ba̍k-sái（俺娘的目屎）》kap 1926 鄭溪泮 ê《Chhut Sí Soàⁿ（出死線）》等，仝款以傳教為目的 ê 小說。就以數量來看，當時 ê 台語文學作品內底數量 siōng 濟 ê，猶原是台語詩。

佇戰後台語文學重 koh pù-íⁿ ê 階段，詩 mā 是 siōng 早出現 ê 文體：1970 年代林宗源、向陽、林央敏等詩人 tioh 已經開始用台語寫出濟濟 ê 台語詩作，小說 it-tit ài kàu 1986 年佇《台灣新文化》雜誌刊登 ê 胡民祥 ê 作品〈華府遷猴〉kap 宋澤萊 ê〈抗暴的打貓市〉chiah 出現。佇數量方面，詩人兼學者 ê 方耀乾 mā 講過「1945 年 kàu-kah 2008 年，投入台語詩書寫的人數超過寫小說、散文、戲劇的總人數數十倍」（方耀乾，民 97，頁 189）。Tioh 算是 2009 年 ê 今仔日，情形猶原無變：「佇目前的台語文學史的書寫，台語詩可能份量上 kài 濟」（方耀乾，民 97，頁 189）。

另外 1 方面，佇露西亞文本中心發展 ê 初期，抒情詩是 siōng 主要 ê 分析對象──ché 是因為形式主義 ê 中心理念 tioh 是 beh chhōe 出作品 ê「手路」，chit 篇 loh-loh 長 ê 小說，當然是比短短 ê 抒情詩 khah oh chhōe 手路。而且 20 世紀初期小說雖然佇露西亞開

---

[4] Hit 當陣 ê 白話字詩是以聖詩為主，而且攏是全羅馬字書寫，親像 1885 年 ê〈Chhiáⁿ-kīn Kiù-chú〉、〈Iâ-so͘ siók góa〉、〈O-ló Siōng-tè〉；1886 年 ê〈Bêng-kiong hó-tē〉、〈Khiam-pi〉、〈Sin-miâ〉…等等。

始發展，m̄-koh 主流 ê 文學體裁猶原是詩。

「Phu-la-ku 功能語言學派」注重「主導 ê 手路」kap「詩歌語言 kap 日常語言佇功能／表現頂懸 ê 差異」。自然 mā 是以「詩」為分析對象 siōng 適當。畢竟詩 ê 語言 kap 日常語言 ê 差別，比小說、散文、劇本加 chin 明顯（請參考本冊第 2 章）。

雖然續落來露西亞 ê 小說得 tiòh chin 大 ê 發展，文學理論家 Pah-chin（М. Бахтин，巴赫金）、Phu-lo͘-phuh（В. Пропп，普洛普）等人，mā 提出濟濟精采 ê 小說理論。M̄-koh 佇 Tha-lo-thu，因為 in ê 概念是「將文學作品當作 1 ê 完整 ê 大符號」，beh 佇內底 chhōe 出「所包含 ê 中符號、小符號 ê 互動 kap 所影響 ê 意義來源」（請參考本冊第 3 章），所以自然 tit 詩 mā 會比小說 khah 適合。

另外，Bi-na-ku-la-to͘-hu（В. Виноградов，維若格納多夫）主導 ê 文學修辭學研究全款研究文學語言 kap 其他語言 ê 差異，Ji-li-mun-su-ki（В. Жирмунский，日爾蒙斯基）、Hal-se-hu-ni-kho-hu（В. Холшевников 赫爾雪尼科夫）本來 tiòh 是詩學研究者。會當講露西亞文本中心理論發展 liáu siōng 完整、理論 siōng 健全 ê tiòh 是佇「詩歌研究」ê 部分。

本論文 chiaⁿ 作台灣第 1 本以紹介泛露西亞文本中心理論佇台語文學 ê 運用 ê 專冊，以發展 siōng 好 ê「詩歌」作對象 mā 是自然 ê 代誌。Kap 小說、神話等等「非詩」文學作品 khah 相關 ê 理論 tiòh 無佇 leh 本冊討論 ê 範圍。

文學理論 kap 文學批評 ê 結合

若是 ka-nā 有理論，soah 無法度將理論提來實際分析文學作

品，按尼 kā-nā 會當講 chiah ê 理論是空 ê，是無適合台灣 ê。所以除 liáu chiaⁿ 作總論性質 ê 第 1 章以外，下面每 1 章攏分作 2 部份：頂 1 半討論 chiah ê 泛露西亞文本中心 ê 理論，後 1 半 tiỏh 用實際 ê 台語詩作例，實際將 chiah ê 理論運用佇文本分析頂面。

最後，因為 Sang-khu-thu Pe-te-lu-pu-lu-ku（Sang-khu-thu Pe-te-lu-pu-lu-ku，聖彼得堡）詩學中心 ê 2 位領導人物 Ji-li-mun-su-ki kap Hal-se-hu-ni-kho-hu ê 理論互相有關聯，m̄-koh koh 攏 chin 重要，所以本冊將 in 2 位 ê 理論 khǹg 佇仝 1 章 ê 無仝節，m̄-koh ka-nā 用 1 首詩作綜合分析。

第1章：由本體論進入方法論 ê 泛露西亞文本中心理論

20 世紀泛露西亞文本中心 ê 發展是：ùi 本體論 kàu 方法論，ùi bô 結構 kàu 完整精密 ê 結構。以下 chit 章，lán tiòh beh 來探討 chit 2 ê 過程：

第1節：是按怎號作「泛露西亞文本中心理論」

1. 露西亞本土

文本中心文學理論是 ùi 露西亞 2 ê siōng 大 ê 都市——Ma-su-kho-ba（Москва，莫斯科）kap Sang-khu-thu Pe-te-lu-pu-lu-ku（Санкт-Петербург，聖彼得堡）——開始發展（形式主義），而且佇開始發展以後，tiòh 發揮 chin 大 ê 影響力。會当講露西亞 kui ê 20 世紀文學理論 ê 主流 tiòh 是文本中心——親像形式主義、Phu-la-ku 語言學派、結構主義、符號學等等，攏是影響世界 ê 重要語文學派。

除 liân chiah ê 大派別以外，佇人才 it-tit 出來 ê 20 世紀，露西亞 mātiāⁿ-tiaⁿ 出現一寡雖然仝派別--ê 人無夠濟，袂 tàng chiaⁿ 作 1 ê 個別 ê「主義」，毋過理論影響 20 世紀露西亞詩歌理論發展真深 ê 學者，親像 Pah-chin、Bi-na-ku-la-tou-hu、Ji-li-mun-su-ki、Hal-se-hu-ni-kho-hu…等等。這些學者雖然 bô 集成有強烈色彩 ê 所謂「流派」，m̄-koh in ê 理論佇文學理論發展 ê 歷史頂懸確實 mā

造成 chin 大 ê 影響。

2. 其他國家

文本中心理論佇露西亞釘根以後，chit 種 kap 傳統文學理論完全無仝方向、使用無仝方法 ê 新理論，慢慢 mā 透過 2 種方式影響 tiòh 其他——尤其是周邊 ê 國家。

第 1 種方式 tiòh 是透過「人才外流[5]」ê 方式：隨 tiòh 20 世紀全球化（globalization）ê 概念深入國際 ê 社會，國際移民（international migration）漸漸形成普遍 ê 現象。佇這款背景下面，受過高等教育，並且有 chin 好 ê 專業技能 ê 所謂「人才」佇國際 ê 移動、移民，tiòh 成為自然發展 ê 結果。佇露西亞外流 ê 文本中心文學理論「人才」內底，siōng 出名 ê 應該算是 Ia-kha-pu-song（Р. Якобсон，羅曼・雅可布森）--loh。Ia-kha-pu-song 佇露西亞 ê 形式主義時代是 Ma-su-kho-ba 形式主義 chin 有活動力 ê 成員之一，連尾手伊移民去捷克，佇 hia kap 捷克出名 ê 語言學家 Mu-kha-lo͘-hu-su-ki 合作，共同創立並且領導「Phu-la-ku 功能語言

---

[5] 佇社會學普遍 ê 定義內底，所謂 ê「人才」是指：
　1. 完成高等教育。（"They have successfully completed education at the tertiary level in an S&T field of study."）
　2. 雖罔無完成高等教育，m̄-koh 佇科學 kap 技術領域 chiàh 頭路，而且 chiàh 頭路 ê 所在必須 ài 符合 it-tēng ê 標準。（"They are not formally qualified as above, but are employed in a S&T occupation where the above qualifications are normally required."）
根據定義，只要符合頂面 2 ê 條件 ê 其中 1 項，tiòh 會當稱作人才／高技能工作者（highly skilled workers）（Auriol and Sexton, 2002, 15）。

學派」。落尾 Ia-kha-pu-song koh 再移民去美國，佇伊 ê「美國時期」熟悉 Lie-bi Su-tho-lau-su（Claude Lévi-Strauss，李維史陀），佇 Su-tho-lau-su 創立結構主義 ê 過程當中，提供伊 chin 大 ê 幫助，甚至是 Su-tho-lau-su siōng 重要 ê 靈感來源。會使講若是無 Ia-kha-pu-song，tio̍h 無「Phu-la-ku 功能語言學派」，結構主義 mā 會失色袂少。

另外 1 ê 管道 tio̍h 是教育——因為露西亞 ê 科技發展，周邊以及全款是共產 ê 國家（中國、越南、古巴），逐年攏會派遣濟濟 ê 留學生來 chia 留學。Chiah ê 來留學 ê 學生，有部份是文學 ê 學習者。In 直接佇 Sang-khu-thu Pe-te-lu-pu-lu-ku kap Ma-su-kho-ba 接受文學養成教育，將露西亞 ê 理論 chah 轉去家己 ê 國家，配合家己國家 ê 特色 kap 文化，以露西亞理論為核心，將 chiah ê 理論轉化，變成有家己特色 ê 文本中心理論。愛沙尼亞（Estonia）來 ê Lo-tho-man（Ю. Лотман，洛特曼）tio̍h 是其中 1 位代表。伊將 Phu-lo-phuh、Ji-li-mun-su-ki 等人 ê 理論吸收，加入符號學種種 ê 理論，佇愛沙尼亞 ê 首都創立出名 ê「Tha-lo-thu（Tha-lo-thu 或 Tartu）符號學派」。

頂面所講 ê「外國流派」ê 中心地以現代 ê 眼光來看，並毋是攏是佇露西亞境內，親像「Phu-la-ku 學派」ê 中心佇 chit-má 捷克 ê 首都 Phu-la-ku（Прага，布拉格）；「Tha-lo-thu 符號學學派」ê 中心佇愛沙尼亞 ê 首都 Tha-lo-thu；毋過，若是探討 in ê 學術基礎／來源，會當發現 in ê 理論其實大部分攏是 ùi 露西亞出來 ê，kap 當代 ê 露西亞學者 mā 攏有頻繁 ê 交流，互相之間影響 chin 深，

甚至會通講 chiah ê 人直接繼承露西亞 ê 文學傳統。所以 lán 會當 kā chiah ê 文學派別合稱作「泛露西亞文本中心」ê 派別。20 世紀泛露西亞文本中心 tiòh 按呢由露西亞經過捷克（Czech）ê 首都 Phu-la-ku 以及愛沙尼亞 ê 首都 Tha-lo-thu（Tartu，塔爾圖），連尾手 koh 轉來 kàu 露西亞 ê Sang-khu-thu Pe-te-lu-pu-lu-ku。佇 chit ê 循環 ê 過程當中，文本中新理論吸收露西亞周邊國家 ê 特色，慢慢 á 得 tiòh 改進 kap 完善。

第 2 節：泛露西亞文本中心文學理論簡介

1. 形式主義

露西亞 tùi 20 世紀初期開始，佇科學方面發生 chin 大 ê 發展。因為科學 ê 發展，大部分 ê 學科攏開始思考家己定位 ê 問題。文學 mā 無例外。代先對傳統文學研究 ê 方向提出質疑--ê，是 19 世紀末──20 世紀初 ê Bie-sie-lo-hu-su-ki（А. Н. Веселовский，維謝洛夫斯基）。伊 bat 講：「露西亞 e 文藝學 khiā-佇迷惘 kap 困擾之間，伊毋知影啥物是伊所 ài 面對 ê 對象，mā 就是講，伊毋知影家己 ê 主角是啥物人，mā m̄知影應該 tiòh 用啥物來做家己 ê 方法論 kap 適合 chit-ê 方法論 ê 研究範圍」。Mā 就因為 án-ne，露西亞 ê 文學界變成「無人管理 ê 地界」，任何學科攏會當「到此一遊」（Erlich，1981，tē 55b 頁）。自 hit 陣開始，露西亞文學界漸漸開始討論文學 kap 其他學科有 siáⁿ 無仝 chit-ê 問題。毋過 chit-ê 問題真正得 tiòh 解決，beh 到 1915 年 Sang-khu-thu Pe-te-lu-pu-lu-ku ê「詩語研究會（ОПОЯз）」kap Ma-su-kho-ba ê「Ma-su-kho-ba 語言小組」

成立了後。

　　詩語研究會 kap Ma-su-kho-ba 語言小組 m̄-nā 全款是形式主義 ê 兩大中心，mā 代表露西亞 ê 2 ê 重要傳統：Ma-su-kho-ba ê「語言學」傳統 kap Sang-khu-thu Pe-te-lu-pu-lu-ku（Hit 當時叫 Lie-ning-ku-la-tou：Ленинград，列寧格勒）ê「文學」傳統。Ma-su-kho-ba 語言小組 ê 成員大部分攏是語言學家，上有名 ê 是 Ia-kha-pu-song kap Bi-na-khu-li（Г. Винокур，維納庫爾）；詩語研究會 ê 成員 khah 有名 ê 是文學家 Si-kho-lo-hu-su-ki（Шкловский В.，什克洛夫斯基）、Tha-ma-se-hu-su-ki（Б. Томашевский，湯瑪雪夫斯基）、Ei-hin-pau-mu（Б. Эйхенбаум，艾興褒姆）等。這兩派 ê 人 m̄-nā 是切入學術 ê 角度無全款，世界觀 kap 價值觀 mā 分別是語言學家 kap 文學家 ê 方式。兩派 ê 合作，hō͘ 露西亞 20 世紀 ê 語言學 kap 文學研究結合 khah 真 bā，變做全款 ê「語文學」。這 mā 影響露西亞文本中心文學理論整體 ê 方向。

1.1 文學性

　　形式主義者所提出上重要 ê 觀點，就是「文學性」ê 問題。形式主義者強調「文學 chiaⁿ 作科學 ê 一種，伊所研究 ê 對象（…）應該是文學性」，mā 就是「hō͘ 1 ê 作品會當成做文學作品 ê hit-ê 特性」（Якобсон Р.，1987，tē 275 頁）。

　　Nā 是按呢，啥物是文學性 neh？形式主義 ê 代表人物 Si-kho-lo-hu-su-ki（В. Шкловский，什克洛夫斯基）1917 年出版 ê《藝術 tióh 是手路》（«Искусство как прием»），會當講是形式主義佇 chit-ê 觀點頂頭 ê 宣言 kap 代表 ê 綱領。佇 chit 篇文章內底，

Si-kho-ló-hu-su-ki 說明包括文學在內 ê 一切藝術作品攏 kan-ta 是「手路」ê 堆積；而且各類藝術作品 ê 特色並無親像傳統文學家所認爲 ê hit 種是佇作品 ê 內容──顛倒是佇 in ê 形式。

形式主義者 ê chiah-ê 觀念事實上是真有道理--ê。全 1 篇文學作品會當 tùi 歷史 ê 角度來研究伊，chhōe 出伊內面所描述 iah-是影射 ê 歷史事件；mā 會當 tùi 文化 ê 角度切入，研究內底 ê 民間風俗；當然 mā 會當用心理學 ê 方法，chhōe 出角色 in ê 心理狀態。毋過各類分析所需要 ê 專業知識無全，並毋是全部攏屬佇文學 ê 範疇。全款 ê，「描寫沙皇統治時期人民生活 ê 艱苦」--ê，無 it-tēng 是小說 iah-是其他 ê 文學作品，mā 會當是繪畫、雕刻等等。所以若是 tùi 內容 ê 角度來看，根本無法度區分文學 kap 其他學科。

相對佇「內容」來講，每一種藝術作品所使用 ê 傳播「媒介」soah 有無全款 ê 所在：文學作品利用「語言」，繪畫作品使用「線條」kap「顏色」，音樂 tióh 運用聲音 ê「振幅」kap「節奏」成做家己 ê 傳播媒介。各種無全 ê 傳播媒介所需 ê「手路」m̄ 攏無全。所以，tùi「手路」kap「媒介」ê 角度，真簡單 tióh 會使區分出文學 kap 其他藝術 ê 無全。Koh 講，tùi 文學成做 1 ê 獨立 ê 社會科學學科 ê 角度來看，mā kan-taⁿ 有對文學傳播 ê 媒介──mā 就是文本 ê 語言、手路 ê 研究，chiah 會當 hō 文學 kap 社會學、史學、文化學、哲學等其他社會科學學科有區別，tùi-án-ne 建立文學獨有特殊 ê 研究範圍 kap 方法。

針對 chit 點來講，形式主義者確實 kā 傳統對「文學」ê 範圍 kap 方法 ê 定義完全反過，開 1 條全新 ê 道路。

1.2 生份化

　　Si-kho-lo̍-hu-su-ki ê《詞語 ê 復活》(«Воскрешение слова») 是 1917 出版 ê 另外 1 篇重要 ê 形式主義文論。佇 chit 篇文章內底，伊 koh-khah 深入 ê 探討文學內底 ê「手路」：伊提出頂面講--ê「藝術 tō 是手路」內底所謂 ê 手路，其實就是「生份化 ê 手路」。全款是形式主義者 ê To- lo-chhu-ki（Л. Троцкий，特洛茨基）了後來補充說明，提出「藝術 ê 目的就是 hō͘ 事物生份化 ê 手路，是 hō͘ 形式變 kah 霧霧無清、增加感覺 ê 困難 kap 時間 ê 手路」，原因就佇「藝術中 ê 感覺行為本身就是目的，應該延長」。

　　形式主義者認為習慣會 hō͘ 人無注意 tio̍h 周圍 ê 事物，Si-kho-lo̍-hu-su-ki 舉 the̍h 筆寫字為例，講人不會記得第一百次或第一千次 the̍h 筆寫字 ê 情形；毋過對第一 pái the̍h 筆寫字 ê 細節 soah 會記得一清二楚。這是因為 nā-是 hiah ê 人對某 1 寡代誌慣勢，大部份 tio̍h 會無注意甚至忽略 chiah-ê 代誌 kap 物件。文學作品 ê 重點 tio̍h 佇 kā 慣勢 ê 代誌 kap 物件用無全 ê「手路」表現出來，hō͘ chiah-ê 事物「生份化」，hō͘ 讀者重新注意 chiah ê 事物 ê 存在。佇「生份化」ê 過程，因為讀者對 chiah ê 手路 ê 不熟手，閱讀 kap 感受 ê 速度 tio̍h 會變慢，tùi-án-ne 拖長讀者感受作品 ê 時間。這 tio̍h 是「生份化」手路 ê「延緩」功能。

2. Phu-la-ku 功能語言學派（Пражский лингвистический кружок，布拉格語言學派）

　　以 Ia-kha-pu-song kap Mu-kha-lo̍-hu-su-ki（Ян. Мукаржовский，穆卡洛夫斯基）、Tho-lu-pie-chhu-ko·-i（Г. Трубецкой，圖魯別茨科

伊）為首 ê Phu-la-ku 語言學派會當講是形式主義 kap Sa-siu-li 開創 ê 符號學 ê 結合。Chit ê 學派 kap 露西亞形式主義 ê 關係，除了 Ia-kha-pu-song 原來是 Ma-su-kho-ba 語言小組 ê 成員，後來來到 Phu-la-ku，成做 Phu-la-ku 學派 ê 中心人物以外，真濟形式主義者，親像 Tha-ma-se-hu-su-ki， To-i-nia-nơ-hu （Ю. Тынянов，第亞諾夫）等攏來過 Phu-la-ku 演講，koh kap Phu-la-ku 學派 ê 學者保持密切 ê 合作關係。

Phu-la-ku 學語言學派主要 ê 貢獻是佇語言方面，尤其是功能文體學。毋過，因為受 tiòh 形式主義結合語言學 kap 文學 ê 影響，chit ê 語言學派佇文學方面 iáu 是有寡重要 ê 論述出現。佇 chiah ê 論述 ê 內底，上重要 ê 是「主導」kap「前推」2 ê 概念。

2.1 主導

「主導」chit ê 詞是 Ia-kha-pu-sōng 佇 1935 年春天佇捷克 ê 馬薩里克大學發表 ê 演講詞來提出 ê。佇 chit ê 論述內底，Ia-kha-pu-song 繼承了形式主義「文學 tiòh 是手路 ê 累積」chit ê 概念， koh-khah 進一步加入「系統」ê 觀念。伊講文學的確是手路 ê 累積，毋過 chiah ê 手路內底有 1 ê「核心成分」，chit ê 核心 ê 成分（手路）「支配、決定 kap 改換其他 ê 成分」（Якобсон Р., 1987，tē 8 頁）。「主導」ê 觀念 kā 形式主義 ê 理論加入「系統」ê 概念：「文學」ê 概念已經毋是各種手路雜亂無章法 ê 累積，是 1 ê「價值系統」，有「自身 ê 高層價值 kap 低層價值」，「iáu 有 1 ê 上主要 ê 價值」（Якобсон Р., 1987，tē 8-9 頁） 。Mā 就是講，各種手路之間是系統性 ê 存在，每 1 ê 文學作品 iàh-是每 1 ê 作家 ê 作品，甚至每 1 ê

時代 ê 作品攏會有 1 ê 主導 ê 手路。其它 ê 各種手路攏 óa 靠佇 chit ê 主導性 ê 手路來存在，攏受主導手路 ê 影響。所以文學研究除了 beh chhōe 出各種「手路」以外，iáu-beh chhōe-tio̍h「主導」ê 手路。kap 形式主義有 kóa 混亂 ê 手路研究比起來，「主導」真明顯 koh 向前踏出一步。

2.2 前推

另外一個 Phu-la-ku 語言學派重要 ê 文學理論就是「前推」ê 概念。這是 Mu-kha-lo-hu-su-ki 佇 1932 年發表 ê《標準語言 kap 詩歌語言》(«Литературный язык и язык поэзии») chit 篇文章內底提出 ê 概念。伊講：「前推 kap 自動化相對，就是講前推就是行為 ê 非自動化。行為 ê 自動化程度越高，有意識 ê 處理就越少；nā 前推程度越強，tio̍h lú chiann 做有意識 ê 行為」(Мукожовский Ян., 1967，tē 409 頁)。就 chit ê 定義來看，Phu-la-ku 語言學派 ê 前推 kap 形式主義 ê「默生化」kah-ná kan-ta 是同一件事 ê 2 ê 無全名稱。毋過親像「主導」m̄-nā 是單純 ê 複製形式主義 ê 概念，Mu-kha-lo-hu-su-ki 認為前推有「連慣性 kap 系統性」。伊講一部作品內底「各成分 ê 前推存在佇 chiah-ê 成分內底互相關係 ê 無全層次，mā 就是講存在佇 in 之間 ê 互相依附 kap hō͘ 人依附關係 ê 內底」(Мукожовский Ян., 1967，tē 411 頁)。Mā 就是講，Mu-kha-lo-hu-su-ki ê「前推」ná 親像頂面所講 ê 主導，是強調「系統」概念。強調「系統」soah tú 好是結構主義上主要 ê 精神。Mā 就莫怪大多數 ê 文學家會 kā Phu-la-ku 語言學派當作是結構主義 ê 前身。

3. Tha-lo-thu－Ma-su-kho-ba 符號學學派

「Tha-lo-thu－Ma-su-kho-ba 符號學學派」tiòh 親像伊 ê 名全款，是 ùi 2 ê 中心城市：Tha-lo-thu kap Ma-su-kho-ba ê 學者所組成--ê。Ma-su-kho-ba 方面 ê 學者以 U-su-pian-su-ki（Б. Успенский，烏斯邊斯基）、I-ban-noˈ-hu（В. Иванов，伊凡諾夫）等人為首，kap Tha-lo-thu ê Loˈ-tho-man 等人互相影響、互相交流。Chit 種結合 tiòh 親像學派成員家己所講：「這 m̄-nā 是 1 ê 人 ê 結合」,「這是 2 種文化傳統，2 種語文學 ê 思維、派別 ê 結合」（Успенский Б. А., 1994，tē 265-266 頁）。Chit-ê 結合，ná 親像露西亞文本中心開端 ê 形式主義，是 Ma-su-kho-ba ê 語言學家 kap Sang-khu-thu Pe-te-lu-pu-lu-ku ê 文學家 ê 結合[6]。伊繼承露西亞文本中心理論 ê 傳統，結合語言學 kap 文學，koh 佇形式主義、Phu-la-ku 語言學派，kap Pa-ho-tin ê 文學觀[7]，開創新 ê 理論。

---

[6] 塔爾圖 ê 學派成員，其實 m̄-nā 是文學家這簡單。Chiah ê 人繼承 ê，是 Sang-khu-thu Pe-te-lu-pu-lu-ku ê 文學傳統：20 世紀初、中期 ê Sang-khu-thu Pe-te-lu-pu-lu-ku 語文學界出現了 bē 少出名 ê 文學家，親像 Ei-hin-pau-mu、Ji-li-mun-su-ki 等人。Chiah ê 學者佇文學研究方面提出了許多新的理論。塔爾圖學派 ê 領導者 Loˈ-tho-man 佇 Sang-khu-thu Pe-te-lu-pu-lu-ku 接受 chin 濟年 ê 文學教育，受 Ku-khoˈ-hu-su-ki（Гуковский Г.，古科夫斯基）、Ji-li-mun-su-ki、Phu-loˈ-phu ê 親身教示。佇 chin 濟年 ê 中間，Pa-ho-tin it-tit 參加塔爾圖學派 ê 研討會，對塔爾圖 ê 文學研究方向，有相當 ê 影響力。由以上兩點 ē-tàng 看出，塔爾圖學派 ê 成員確實繼承了聖彼得堡學派 ê 文學研究傳統。

[7] Pa-ho-tin ê 理論雖然重要，m̄-koh 伊 ê 理論主要是以作家小說 kap 民間文學為主要對象，對詩歌 ê 理論較少論述，所以無 khǹg 佇本冊 ê 探討範圍之內。

3.1 文本意義 ê 來源

　　Tha-lo-thu－Ma-su-kho-ba 學派 tāi 先關心 ê 議題，tio̍h 是「意義」ê 來源。因為雖然 tòe tio̍h 形式主義 kap Phu-la-ku 學派 ê 影響，詩歌 ê 分析所用 ê 方式已經 kap 傳統 ê「詩品」、「詩論」完全無仝，走向科學化 ê 方法，毋過佇某種程度來講，chiah ê 方法 soah-koh 突顯單調 kap 機械化。Ná 親像 20 世紀後期露西亞出名詩學理論家 Ka-su-pa-lo-hu（М. Гаспаров，加斯帕洛夫）所講，讀者真容易就會當算出一首詩 ê 音步 kap 看出伊押 ê 韻腳，毋過 soah 無辦法回答像「佇 chiah ê 音步內底，隱藏 jōa-chē 感情色彩，koh 有 jōa 濟帶有形象 ê 詞佇內底？佇 chiah ê 詞內面，有 jōa 濟 ê 詞帶有正面 ê 色彩？jōa 濟詞 koh 帶有負面 ê 色彩？中性 ê 詞 koh 有 jōa 濟？」「chiah ê 帶有形象 ê 詞 kap 其他音步內面 ê 詞，koh 有啥物無仝」（Гаспаров М. Л.,1994，tē 11 頁）？簡單來講，就是按照形式主義 kapPhu-la-ku 學派 ê 方法，讀者會當算得出詩歌 ê 形式，soah 無法度看出詩歌深層 ê「意義」。

　　對 chit 點，Tha-lo-thu－Ma-su-kho-ba 符號學派提出真好 ê 解答：繼承符號學「符號」是「意符」kap「意指」結合 ê 觀念，學派提出文學研究對詩 ê 研究，就是對「意符」按怎傳達「意指」ê 研究。根據 Lo-tho-man ê 研究，佇詩 ê 語言內底存在兩層 ê 意義：標準語言 ê 意義 kap 附加 ê 美學意義：所謂標準語言 ê 意義，自然是繼承 Phu-la-ku 語言學派 ê 概念，mā 就是咱平常時慣勢--ê，未特別注意 ê 部份。學派認為文學研究者對 chit ê 部分並無需要用 siuⁿ 濟 ê 心力，因為 chiah ê 意義是逐家攏明白--ê。毋過「附加」

ê 美學意義就無全了,若講標準語言佇傳送 ê 過程中,會來失去訊息 ê 完整度;按尼相對 ê,ùi 藝術 ê 手路附加佇詩語上 ê 意義 soah 佇傳播 ê 過程中 hō 訊息「複雜化」,m̄-nā 袂減少信息 ê 完整度,顛倒 tńg hō 全 1 個意符所蘊藏 ê 訊息量增加。按照 Lo-tho-man ê 講法,這是因爲 1 首詩是 1 ê 大 ê 符號系統。伊內部 iáu 蘊含 tio̍h 真 chē khah 小 ê 系統。系統 kap 系統 1 層 1 層來疊去,每 1 ê 系統之間 kap 全 1 個系統內部 ê 符號 it-tit 互相作用,產生新 ê 意義。所以每 1 ê 文本 ê 意義,並 m̄是 kan-ta 單純 ê kā 內面每 1 ê 小單元 ê 信息加起來 hiah-nih 簡單,iáu-beh 分析 chiah-ê 信息互相 ê 作用。譬如一首詩 ê 意義,並 m̄-nā 是 kā chit 首詩內面 ê 每 1 ê 單詞 ê 意義加起來 hiah-nih 簡單;詞 kap 詞、詞 kap 發音、詞 kap 話句攏會互相作用,產生多元豐富詩 ê 意義。這交互作用 ê 過程 kap 所產生 ê 影響,就是文學研究者應該關注 ê 部份。

3.2 空間 kap 2 元對立

除了頂面所講 ê「意義」是由互相作用產生 ê 觀念以外,「空間系統」mā 是 Tha-lo-thu—Ma-su-kho-ba 學派重要 ê 詩學理論之一。Lo-tho-man 就講:「文本內面各元素 ê 內在組合體系就是語言 ê 空間結構」(Лотман Ю. M., 1998,tē 212 頁)。Chit-ê 講法等於 kā 文本 ê 結構 kap 空間結構劃上「等號」。

事實上,Lo-tho-man ê 空間觀念,就是 2 元爲主 ê 對立觀念:頂面/下 kha、頭前/後壁、hn̄g/近等等 ê 概念。Lo-tho-man kā chiah ê 空間觀 kap 文本內面抽象 ê 價值觀連做伙,藉分析文本 ê 意義。譬如佇分析露西亞浪漫主義詩人 Lie-li-mon-tho-hu (M. Ю.

Лермонтов，萊蒙托夫）ê 系列詩作了後，Lo͘-tho-man 斷定 Lie-li-mon-tho-hu ê 作品內底，「頂面 ê 世界」就是理想世界 ê 代表；相對，「下面 ê 世界」就是現實世界 ê 代表。Lie-li-mon-tho-hu ê 浪漫主義長詩 ê 主角，攏是設佇毋是上方世界亦毋是下方世界 ê「中 ng」：頂面世界 ê 幸福 kap 伊無緣，lâ-sâm 吵鬧毋過熱鬧 ê 下面 ê 世界伊 mā 無 ài 參予，只好 1 ê 人孤單夾佇中間[8]。

Chit 種藉具體 ê 空間來表現作品中抽象 ê 情感、立場，確實替文本 ê 解釋 kap 分析開創了全新 ê 道路。

4. Sang-khu-thu Pe-te-lu-pu-lu-ku 詩學中心

自 1960 年代開始，佇露西亞 koh 重頭燒起 1 陣詩學研究 ê 熱潮。佇 chit 股風潮內面，自 1965 年開始 put-sám-sî 舉行學術集會 ê「Il-li 詩學研究團體」（стиховедческая группа ИРЛИ（Пушкинский Дом，伊爾利詩學研究團體）—mā 就是露西亞國家科學院露西亞文學史研究所詩學團體 ê 簡稱）kap Sang-khu-thu Pe-te-lu-pu-lu-ku 大學系列 ê 詩學理論講座無疑扮演 tio̍h 上重要 ê 地位。尤其是 Il-li 詩學研究團體，m̄-nā 佇內面匯集 hit 時露西亞上重要、上有名 ê 詩學理論家做伙討論 hit 當時 siōng 新 ê 詩學問題：Il-li 詩學研究團體佇領導者 Hal-se-hu-ni-kho-lu ê 帶領之下 m̄-nā 成員多樣化[9]、有活力（逐年平均聚會 kúi-pái，成果 koh 聚集 iah-是各自發表佇學術刊物頂頭），koh 佇 1965 年開始第 it pái 聚會 it-tit

---

[8] 有關 Lo͘-tho-man 對 Lie-li-mon-tho-hu 詩作的分析，請參閱：Лотман Ю. М.（1996）。
[9] 有關 chit ê 團體 ê 成員，請參考：何信翰（2006a）。

kàu 1992 年 siōng 尾 1 擺聚會爲止，攏總佇 27 年 ê 時間。Che kap 露西亞其它 ê 文學聚會iah 是社團比起來，ē-sái 講是相當長歲壽 ê[10]。

佇 chit ê 詩學研究團體 ê 眾多詩學研究內底，對詩 ê 結構 kap 詩 ê 內容 kap 形式 ê 關係，會使講是 siōng 出名 mā 是影響露西亞 20 世紀末期整體詩學理論發展上重要 ê 2 ê 部份。

4.1 詩 ê 情節（結構[11]）

Hal-se-hu-ni-kho-hu 認爲，詩 ê「情節」kap 小說、散文 ê「劇情」並無全款，因爲佇抒情詩內面「劇情發展」是無存在--ê。抒情詩 beh 表達 ê 是瞬間 ê 感受，毋是某段劇情。因此，若是小說、散文 ê 劇情是事件 ê 發展，抒情詩 ê「情節」就是詩內底情感 ê 變化 kap 推展，就親像 Hal-se-hu-ni-kho-hu 所講，「佇抒情詩內底 it-tit kàu siōng 尾--á ê 發展、it-tit 延續--ê，是「詩 ê 形象」（Холшевников B. E.,1985，tē 8 頁）。

受 tiòh 結構主義 ê 影響，Il-li 詩學研究團體內底 ê 一寡學者試探 chhōe 出詩 ê 情節系統（結構）。In 認爲：詩 ê 結構會當分做「起頭」、「中段」、「結尾」三個部份。

起頭 ê 部份通常是詩 ê 第 1 句，佇 khah chúo ê 例內底 mā 有可能是頭兩句。按照 Il-li 詩學研究團體 ê 看法，起頭除了 kā 讀者講詩 ê 格律 kap 韻腳以外，伊佇詩 ê 結構內底扮演 tiòh「情感 ê 鑰匙」

---

[10] Sang-khu-thu Pe-te-lu-pu-lu-ku ê「詩語研究會（ОПОЯЗ）」存在不超過 10 年！

[11] Hal-se-hu-ni-kho-hu 用的詞是「композиция」，直譯成台語是「情節」ê 意思，m̄-koh 照意思來看，其實這裡指，khah 像是詩 ê「結構」。

ê 角色（Холшевников В. Е., 1985, tē 10 頁），mā 就是先 kā 讀者講這整首詩 ê 情緒是 ùi toh 去，會 koh 往 toh 行，thang hō 讀者先有心理準備。

詩 ê 上主要 ê 部份就是詩 ê 中段。中段 koh thang 分做四個類型：1. 混合 2 ê 對立 ê 形象、情感，hō 伊產生衝突、對立。2. 發展、衍譯 1 ê 形象、情感。3. 邏輯化 ê 敘述哲理。4. 混合頂面所講 3 種 ê chhìn-chhái 兩種以上。

詩 ê 結尾 mā 真重要，伊 ê 功能根據中段 ê 發展，有總結詩內底造成衝突 ê 部分、確立詩內底 ê 情緒，iah-是總結思考 ê 結論 chit 三種功能。

Chit 種對詩 ê「情節」ê 分析，確立詩 ê 系統（以結構主義 ê 術語來講，是詩 ê「深層結構」），kā 原本用分析小說結構為主 ê 結構主義帶入去詩內，得 tiòh 真大 ê 成功，hō 分析家 koh-khah 簡單來掌握一首詩 ê 內容發展。

4.2 內容 kap 形式

詩學研究團體另外 1 ê 詩學上 ê 貢獻，是對詩 ê 內容 kap 形式之間關係 ê 描述：傳統 ê 文學 kan-tā 重視詩 ê「內容」，所謂「詩言志，文以載道」；到形式主義，情形完全無仝：形式主義者 kan-tā 重視「形式」，認為「文學就是手路 ê 累積」。Il-li 詩學研究團體是結合兩項，認為 beh 真正了解一首詩，必須 ài kā「內容」kap「手路」連結，因為「內容」kap「形式」並 m̄ 是當時露西亞一般文學家所認為 ê，是一個「統一體」，而是 1 ê「同 it 體」，mā 就是形式 kap 內容是無法度分開 ê。若是講形式主義者 ê 形式研

究是講研究詩 ê 各種手路 kap chiah ê 手路「本身」ê 特色，Phu-la-ku 語言學派試探 chhōe 出手路之間 ê 關係，án-ne，Il-li 詩學研究團體就想欲 chhōe 出詩 ê 手路按怎表現內容，iáh 是講詩 ê 內容按怎透過 chiah ê 手路表現出來。Chit ê 概念，tùi 真早以前佇文學研究者眼中看法就無仝 ê「內容」kap「形式」重新 kap 做伙，kā 傳統 ê 文學研究 kap 形式主義以後 ê 露西亞詩學研究做完美 ê 結合。以後，就無 koh 需要爭論詩歌研究內底，「內容」重要（古典詩學）iáu 是「形式」重要（形式主義 kapPhu-la-ku 學派），mā 為 tùi 對立統一體（形式主義，Phu-la-ku 學派）到仝一體（Tha-lo-thu－Ma-su-kho-ba 學派、Il-li 詩學研究團體）ê 露西亞 20 世紀文本中心文學理論劃上完美 ê 句點。

第 3 節：按本體論 kàu 方法論，ùi 無結構 kàu 完整精密結構 ê 泛露西亞文本中心理論

經過頂面 tùi 泛露西亞文本中心某 1 koa-á 派別 ê 重要理論 ê 簡介會當看出，佇開始 ê 時形式主義並無主張結構／系統。形式主義者 ê 重點 khǹg 佇文學研究 ài 是「手路」ê 研究，m̄-koh 手路互相之間 ê 關係、in 互相 ê 影響是啥物，形式主義者並無相關 ê 論述。

Phu-la-ku 功能語言學派將手路分作「主導手路」、「高級手路」、「低級手路」3 ê 層次，認為「主導手路會影響高級手路 kap 低級手路」、「高級手路 kap 低級手路 ê 差別 tio̍h 是 in kap 主導手路配合性 ê 懸低」。會當講是將手路分作 3 ê 層次，mā 開始有「系

統」ê 觀念。

Tha-lo-thu 學派將文本當作完整 ê 系統，認為每 1 ê 文本攏會當算是 1 ê 大符號。佇 chit ê 大符號內底 ê 所有組成成分互相交互作用，產生比單獨意義總和 koh khah 濟 chin 濟，會當講是無限 ê 新意義。M̄-koh Tha-lo-thu 學派並無認為 chiah ê 意義會 kap 文本外面 ê 事物產生交互作用（che mā 是文本中心理論 ê 共同特色），che mā 符合系統／結構是封閉性 ê 概念。

Kàu 20 世紀尾期，Sang-khu-thu Pe-te-lu-pu-lu-ku 詩學中心 ùi 另外 1 ê khah 接近結構主義 ê 角度切入，全款提出抒情詩有家己完整、獨立結構 ê 理論。泛露西亞文本中心理論 tiòh 按尼完整 liáu ùi 無結構 kàu 有完整精密結構 ê 過程。

另外 1 方面，形式主義因為 beh 反對傳統作家中心以文本外部條件 chiaⁿ 作文學主要探討方向（親像探討作者生平、作品寫作時代 ê 社會背景）kap 判斷文學作品懸低方式（親像：以文章 ê「道德懸度」chiaⁿ 作主要判斷標準）ê 作法，將探討 ê 重點問題 khǹg 佇「文學是啥物」，beh 來重頭定義文學、設定新 ê 文學方向。

Phu-la-ku 功能學派因為初初開始探討文體功能，所以 mā 將重點 khǹg 佇「詩歌語言是啥物，伊 kap 日常語言有啥物無仝，相對日常語言伊有啥款特別 ê 功能」chit kúi 類 ê 探討。Chiah ê 探討方向 kap 形式主義 ê 探討仝款，攏是偏向「本體論」ê 探討[12]。

---

[12] 本體論（ontology）是形上學 ê 1 ê 基本分支。源自希臘語 ov（存有）kap λόγος（科學、研究、理論）ê 組立,主要探討事物 ê 本質、存有 kap 基本特徵。

等 kàu「本體」ê 論戰結果確認 liáu 後,續落來 ê 理論 tiòh 會當 kā 研究 ê 重點 khǹg 佇「beh 按怎研究,beh 用啥款研究法」ê「方法論」頂懸。

佇下面 kúi 章,lán tiòh beh 來詳細探討 chit kúi ê 派別 kap 過程。

第 2 章：形式主義 kap Phu-la-ku（Prague，布拉格）功能語言學派

第 1 節：形式主義 kap Phu-la-ku 語言學派 ê 文學觀

1. 形式主義產生以前 ê 文學觀

文學是啥物？伊 ê 功能佇 tó-ūi？對文學作品 ê 分析 ài tùi tó-1 ê 所在、tól ê 方向 lō-chhiú？面頂 chit-2 ê 問題，無論佇 tó-1 ê 時代，攏是文學家 kap 文學評論者關心的重點：根據對「文學是啥物」？「文學 ê 功能佇 tó-ūi」chit 2 ê 問題 ê 討論，產生 liáu 各種「文學理論」。Koh 再來根據每 1 ê 時代無仝 ê「文學理論」觀點，分析各種 ê 文學作品，tiòh 產生 liáu 每 1 ê 時代無仝 ê「文學批評」。佇久長 ê 歷史以來，chit 2 部分 ê 建立，是所有文學家 siōng 重要 ê khang-khùe。

歐洲佇希臘時代，有 1 ê chin 重要 ê 文學家 A-lis-tho-the-les（Aristoteles，亞里斯多德）bat 提出講文學 tiòh 是「對真實世界 ê 模仿」，無仝款 ê 文學體裁只是「模仿 ê」「手段、對象、方式無仝 nāi-niā」（亞里斯多德，2003，tē 33 頁）；伊 mā 認為文學 ê 功能有 3 項：「教育」ê 功能，「淨化人心」ê 功能 kap hō 讀者得到「精神上 ê 享受 ê 功能」（亞里斯多德，2003，tē 32 頁）。

佇亞洲，傳統 ê 觀念 tiòh 是「詩言志，文以載道」，文學是用來教化社會大眾，iā 是用來表達作者心中 ê 想法 kap 感情。Mā

有人講，文學會當 hō 讀者「多識蟲蟻鳥獸之名」，因為文學作品內底所描寫 tio̍h--ê，是真實 ê 世界 ê 各種動物 kap 植物。Chiah ê 觀念，kap 歐洲 tùi A-lis-tho-the-les 以來，it-tit-kàu 20 世紀以前 ê 想法是相當接近 ê。

Tio̍h 是因為 chit 種 ê 文學觀，佇 20 世紀以前，無論是佇亞洲 iā 是歐洲，文學家 leh 分析文本 ê 時陣，攏有下面 2 種情形：nā m̄ 是 1. 將文學 kap 作者 ê 實際經歷、生平做連結，指出作品內底 ê 某 1 部分 tio̍h 是作者 leh 描寫 iā 是影射伊家己 ê 某 1 段經歷、事物、心情 iā 是 nǹg 望，tio̍h 是 2. 將文學作品 kap 作者本身 ê 時代做連結，指出作品內底 ê 某 1 部分 tio̍h 是作者 leh 描寫 hit ê 時代 ê 某 1 段歷史事件、某 1 種歷史 ê 氛圍，iā 是影射當時掌權 ê 統治階級、平民百姓 ê 面貌。

M̄-koh，chit-chióng ê 分析方式有 chin 大 ê 欠點：先針對作品 tio̍h 是 tùi 現實生活 ê 模仿 chit 方面來講：文學作品是用文字做媒介所產生 ê 藝術。根據符號學 ê 觀念，文字本身 tio̍h 是 1 種符號 ê 系統。但是所有 ê 符號攏有共同 ê 特色：符號本身 m̄ 是真實 ê 世界（伊只是「符號」niā-niā），mā 無 it-tēng 指涉現實 ê 世界。Iā-tio̍h-是講，tio̍h 算文學作品 ê 內容 kap 歷史上某 1 段時間、某 1 ê 空間 ê 情境 chin sio 仝，伊 mā m̄ 是 1 ê 現實 ê 情景，甚至無 it-tēng kap 確實 ê 歷史情景有關係。結構主義者 Phi-a-kieth（Piaget J.，皮亞杰）甚至進 1 步提出文學作品是「封閉」、自足 ê（Piaget Jean, 1970，tē 18 頁）。也 tio̍h 是講，任何 1 ê 文學作品攏是家己單獨 ê 世界，kap 其他作品 ê 世界以及真實 ê 世界攏無牽連。所以，佇文本 chit 種

第 2 章：形式主義 kap Phu-la-ku（布拉格，Prague）功能語言學派

「符號」世界 beh cháu-chhōe「真實」世界，是 無意義 ê 代誌。

Koh 來是「詩言志」，iā-tio̍h 是文學作品是作者用來表達感情 ê，所以分析文學作品 ài 探討作者「想 beh」藉 tio̍h 作品表達啥物 chit ê 講法，有 2 ê 缺陷：第 1 ê 缺陷是無夠科學：文學研究既然是「人文科學」ê 1 種，tio̍h ài 符合「科學」ê 規則 kap 精神。科學 ê 精神 tio̍h 是「講究證據」，「有幾分 ê 證據講幾分話」。針對面頂所講，將文學作品 kap 作者連結 ê 部分，nā 是作者已經辭世，tio̍h 無-法度證明作者佇寫作 ê 時陣，真正想 beh 表達啥物。就算作者 iah-koh 在世，伊 mā 願意認真回憶創作 ê 時伊 ê 想法 kap 心情；iā 是講雖然作者已經過身，m̄-ko 有留下著作，說明家己 ê 作品想 beh 表達 ê 意義，chiah ê 事後所回憶 ê 代誌，mā 無定 tio̍h 會百分之百 kap 寫作 hit 當時 ê 心情完全 siō 仝。

第 2 ê 缺陷是：nā 是認同「作者 tùi 家己所創作 ê 文本有最後 ê 詮釋 ê 權力」，tio̍h 是阻止讀者 tùi 文本自由、多元 ê 閱讀，「對文本施加限制，是 hō͘ 文本最後 ê 所指，是 tùi 寫作 ê 斷絕」（趙毅衡，2004，tē 5ll 頁）。事實上，20 世紀文學討論 ê 重點之一，tio̍h 是文本應該 ài tùi「作者中心」轉成「文本中心」kap「讀者中心」。傳統文學觀念認為作品既然是作者所創作 ê，作者 tio̍h 有權力「決定」作品所 beh 表達 ê 內容；ka-na 作者所認定 ê 內容、技巧，chiah 是作品 beh 表達 ê 內容、所使用 ê 技巧。其它 ê 詮釋攏是「m̄-tio̍h--ê」，「過度詮釋--ê」。M̄-koh，現代 ê 文學理論認為 1 ê 作品所 ē-tàng 呈現 ê 面向應該是「多元 ê」，對文學作品 ê 詮釋 mā 應該是「多樣 ê」，無應該是作者家己獨占。文學作品所以有繼續

流傳、繼續 hō 人閱讀 siōng 主要 ê 原因，是因為作品「是活 ê」，iā-tiòh 是講，伊 ê 意義 kap 所描寫 ê 內容是開放 ê，it-tit 會當出現新 ê、無人發現過 ê 物件。Nā 是某 1 ê 作品所有 ê 意義、所有 beh 表達 ê 物件攏已經 hō 讀者發現，chit ê 作品 tiòh 變成「死 ê 作品」，無 koh 研究 ê 價值。

Khiā 佇 chit 種角度，nā 是限制作品 ka-nā 會當用「作者」ê 角度 kap 想法去欣賞，無疑是 hō 作品 tú 出世 tiòh 變成「死去」ê 作品。Che tiòh 是現代文學家反對作者「1 元詮釋」，甚至提出「作者已經死去」ê 看法 ê 原因。

2. 形式主義 ê 文學觀

形式主義對文學 ê 探討，kap 20 世紀初期，文藝界各學門「cháu-chhūe 家己 ê 定位 kap 方法論」有 tām-pô-á 牽連：佇 20 世紀初期，文藝界各學門攏 leh 思考「主體性」ê 問題：各種無全款 ê 藝術，到底 ching-chha 佇佗位？Chit ê 問題佇文學界尤其嚴重：當文學評論者所關心 ê，是作品所 beh 表達 ê「歷史意義」、「主角 ê 心理問題」、「當時 ê 思想風潮」、「當時 ê 山川建築」等等，按尼，文學 kap 歷史，文學 kap 心理學，文學 kap 哲學，文學 kap 地理學到底有啥物分別？Nā 是討論文學作品 kap 討論圖畫、雕刻 ê 時，攏全款 leh 討論 in ê 背景，按尼，1 篇描寫工人艱苦 ê 生活 ê 文學作品，kap 1 幅描繪工人艱苦生活 ê 圖畫，到底有啥物無全？文學評論者 kap 圖畫評論者 ê cheng 差 koh 佇佗位？20 世紀初期露西亞 ê 文學家 tiòh 是 tú-tiòh chit ê 問題，當時 ê 文學理論者兼文學批評家 Be-se-Lo-hu-su-ki（А. Веселовский，維謝洛夫斯基）

tio̍h bat 講:「露西亞 ê 文藝學 khiā 佇迷濛 kap 困擾中 hng,伊 m̄-chai-iánn 啥物是伊所 ài 面對 ê 對象,iā-tio̍h 是講,伊 m̄-chai-iánn 家己 ê 主角是啥物人, mā m̄-chai-iánn 應該 ài 用啥物 lâi 做家己 ê 方法論 kap 適合 chîte 方法論 ê 研究範圍」。因爲 án-ne,露西亞 ê 文學界變成「無人管理 ê 地界」,任何學科攏會當「lâi chia chhit-thô」(Erlich, 1981,tē 55b 頁)。Iā 因爲全款原因,雖然歐洲 ê 文學理論發展自 A-lis-tho-the-les 以來已經有 kúi-la̍h 千冬 ê 歷史,m̄-koh 文學 it-tit iáu 攏是別 ê 學科——親像歷史學,政治學,社會學,心理學,哲學等等學科--ê 附屬。

因爲看tio̍h chit-chióng 現象,露西亞 ê 形式主義者提出 1 ê 革命性 ê 觀點:「文學 chiaⁿ 作科學 ê 1 種,伊所研究 ê 對象 (i) 應該是文學性[13]」,iā tio̍h 是「hō͘ 文學作品會當 chiaⁿ 作文學作品 ê hit 款特性」(Якобсон P., 1987,tē 275 頁)。In 認爲,研究文學作品內底 ê 歷史,包括作者本身 ê 生平事蹟 kap 作者所生長 ê 時代 ê 種種,是歷史學家 kap 人類學家 ê khang-khùe;研究文學作品內底主角 ê 心理變化 chit 種代誌 tio̍h 留 hō͘ 心理學家去做;研究文學作品內底所描寫 ê 社會情景,是社會學家 ê 任務;哲學家 kap 宗教家 chiah 需要探討作品內底 ê 宗教、哲學 ê 思想。文學家作爲「文學」chit 門專業學科 ê 研究者,應該 ka-nā 關心作品 ê「文學性」,iā-tio̍h 是「是啥物」hō͘ lán 認爲 1 篇作品是文學作品,m̄ 是單純 ê 歷史、心理、iā 是社會學作品。

Nā 是按尼,後 1 部分 ê 問題是:到底 hō͘ 1 篇作品變成文學作

---

[13]. 強調 ê 符號是本冊所加入。

品 ê 物件是是啥貨？文學性到底是啥物？ Chit ê 問題本來 chin bái 回答，m̄-koh tú-á-hó 佇 19 世紀末期、20 世紀初期，露西亞 ê 語言學家 tùi「文體修辭」產生趣味，發表 liáu chin 濟相關 ê 論文。佇 chiah ê 論文內底，有 1 ê 論題 chin 趣味，mā kap 形式主義 ê 理論發展有 chin 大 ê 關係：到底日常生活 ê 語言 kap 文學 ê 語言（當時 ê 討論主要是以「詩」來代表文學 ê 語言）有啥物無仝？經過濟濟學者佇這段時間 ê 研究,露西亞 ê 語言學界 tit-tiòh 以下 ê 結論：日常生活 ê 語言是以「溝通」為主要 ê 目的，所以重要 ê 是所講 ê 內容，iā 因為按尼，只要對話 ê 雙方有法度理解，言語 ē-sái 任意省略，言語本身 ê 語音，構詞，文法（包括詞法 kap 句法）等等 ê 部分 iā 袂引起訊息 ê 發出者 kap 接收者（講／寫 ê 人 kap 聽／看 ê 人）太大 ê 注意。

佇文學 ê 語言內底，尤其是詩 ê 語言內底，情形 tiòh 無 sio 仝--lò：佇文學作品內底，「語言 ê 注意力 tńg-lâi kàu 語言 ê 本身」，因為「詩 tiòh 是字詞自我評價 kap「以自身 chiaⁿ 作價值」ê 產物」，而且，相對日常生活 ê 語言是以「溝通」作為 siōng 主要 ê 功能，文學 ê 語言 siōng 重要 ê 是美學 ê 功能，因為「詩 tiòh 是佇美學功能內底形成 ê 語言」（Якобсон Р., 1987，tē 274、275 頁）。美學 ê 功能是透過語言「語音」，「構詞」，「詞法」，「句法」，「修辭」等等，語言本身 ê 結構 kap 特色表現 chhut--lâi-ê。所以，文學 ê 語言 tiòh 是「指向語言本身」ê 語言，kap 日常語言 ê「指向 pàt ê 客體」有本質頂懸 ê 無仝。[14]

---

[14]. 強調 ê 符號是本冊所加入。

形式主義者根據面頂 chiah ê 語言學 ê 觀念，提出「文學性」tiòh 是「語言 ê 美學功能」chit ê 論點，認為文學家所 ài 研究 ê，是文學作品內底 ê 語言，是透過啥物款 ê「方法／手路」達到美學 ê 效果，因為「藝術 tioh 是手路 ê 累積」[15]。In 開始關心作品內底 ê 語言表現手路，親像語音、句法等等，文本內部 ê 面向。

Chit-chióng 文學觀 kap 傳統 ê 文學觀有根本上 ê 無仝：佇傳統 ê 文藝觀內底，文學作品 ê 重要性主要是表現佇伊對現實 ê 指涉性 kap 伊 tùi 客體 ê 象徵性；語言 m̄-是因為伊本身 ê 價值 lâi 受 tiòh 重視，是因為伊所指涉 ê 外在現實、客體。所以 1 篇作品內底 ê「道德正確」度 lú 懸、指涉 ê 現實、客體 lú 豐富，大家 tiòh 認為伊是 lú 高尚 ê 作品。所以文學家 ê 任務 tiòh 是指出作品所反映 ê 現實世界 iā-是客體，親像作者 ê 生平，時代 ê 背景等等。

形式主義者 ê 觀點 tiòh 完全無仝：in 看重文學作品，是因為文學作品本身，iā tiòh 是作品所使用 ê 語言。In 認為文學作品 ê 重要性 kap 價值性，m̄是佇伊 kap 生活 ê 對應關係，mā 絕對 m̄是伊 ê 道德高度。文學作品 ê 價值來自伊 ê 創作性。文學作品 m̄是「對現實生活 ê 模仿」，伊家己是 1 ê 自我完成，自我表現，自我回歸 ê 世界。所以文學家 ài 關心 ê，是作品 ê 表現手路，iā-tiòh 是 chiah ê 屬佇詞、句本身 ê 特色。

---

[15]. 露西亞形式主義者的重要理論家 Si-kho-lou-hu-su-ki bat 寫過 1 篇 chin 出名也對整個西方的文學理論界造成翻天覆地影響的論文，名稱 tiòh 叫做「藝術 tiòh 是手路」（也有人翻作「chiann 作手路 ê 藝術」）。請參考：(Шкловский В. О, 1929)。

形式主義 ê 觀點影響 tiòh 歐洲 kui ê 20 世紀文學理論 ê 發展，iā 將文學帶入另外 1 種 kap 以前完全無仝 ê 層次，文學理論 ê 發展 mā tùi「作者中心」慢慢轉變成「文本中心」。因為 chit ê 原因，自形式主義開始，露西亞 ê 文學 kap 語言學從此結合作夥，無法度 koh 分開，mā 是自形式主義開始，露西亞 ê 文學家一定 ài 有語言學 ê 基礎，仝時也出現 liáu「語文學」（Филология, philology） chit ê 新詞彙。

　　有關面頂所講 ê，文學其他 ê 人文科學學科 ê 關係，因為形式主義 ê 出現 soah 來產生明顯 ê 界定：文學 kap 歷史、地理、政治、社會 ê cheng 差 m̄ 是佇所 beh 研究 ê「對象、客體」，是研究 ê「方法」。全 1 篇文學作品，歷史學家應該注重伊指涉 ê 歷史面貌，針對作品 kap 真實 ê 歷史 ê 關係作研究；文學家應該 ài 注意 tiòh--ê，是作品 ê 文學性，iā-tiòh 是文學 ê 手路。文學 kap 其他美學 ê 創作 iā-是全款：圖畫研究應該注重色水 kap 線條、畫面結構等等；音樂研究應該注重旋律、強弱、合音等等；文學研究 tiòh-ài kā 重點 khǹg 佇「語言」ê 研究。因為 peⁿ-peⁿ 是「美學」ê 部份，文學 kap 圖畫、音樂、雕刻 ê cheng 差，只是「所用 ê 媒材無仝」niā-niā。

　　接續頂面 ê 概念，露西亞 ê 形式主義者進 1 步講：各種文學手路，攏有共全 ê 目的：「生份化」。形式主義 ê 領導者 Si-kho-ló-hu-su-ki（В. Шкловский，什克洛夫斯基）指出：「nā 是 lán 開始研究（人類 ê）感受內底 ê 普遍規律，隨會當發現，任何動作 nā 是變成慣習，tiòh 會自動完成」（Шкловский В. О., 1983，tē 13 頁）——a-tiòh 是 lán mā 袂 tùi chit 件代誌留下印象。Si-kho-ló-hu-su-ki

第 2 章：形式主義 kap Phu-la-ku（布拉格，Prague）功能語言學派

用「giâ 筆」kap「學另外 chit-chióng 語言」lâi 做例，kóng lán 攏 tùi 第 1 擺 giâ 筆、第 1 擺學另外 1 種語言 ê 情形 chin 有印象，m̄-koh 對以後做仝款代誌 tiȯ̍h khah 無印象，甚至袂記得。「Lán ê 日常語言內底，tiānn-tiānn 有講無完全 ê 語句 iā 是 ka-nā 講 1 半 tiȯ̍h 停止 ê 詞彙」，m̄-koh 大家 mā 是有法度互相了解，che tiȯ̍h 是「因為自動化 ê 過程 ê 關係」（Шкловский B. O., 1983，tē 14 頁）。Tiȯ̍h 是因為所有 ê 話語佇日常生活 ê 語言內底攏已經 hō͘人 chin 慣習--á，所以「日常語言內底 ê 詞語袂完全 hō͘人聽 kàu liáu，（i）所以 mā 袂完全 hō͘人講 kap suah」；佇日常使用 ê 語言內底，「代誌 m̄是 ka-nā 用某 1 種特徵（親像號碼）表達，是 hō͘人用 kap 親像公式仝款（定型化、無意義 ê 使用），甚至完全無佇意識內底留下任何痕跡」（Шкловский B. O., 1983，tē 14 頁）。

形式主義者 chin ài 引用「戰爭 kap 和平」ê 作者 Ta-lo-su-thoi（Л. Тольстой，托爾斯泰）ê 看法，認為 nā 是人 ê 行為是佇無意識 ê 情形下完成 ê，chit ê 行為 tiȯ̍h「親像 m̄-bat 發生過仝款」；nā 是 lán 1 世人 ê 生活攏佇無意識 ê 狀況下度過，lán ê 生活 mā 會「親像 m̄-bat 活過仝款」。所以，佇這款情形下，「為 tiȯ̍h beh 恢復 tùi 生活 ê 感受 kap 認知 tiȯ̍h 事物 ê 存在，為 tiȯ̍h beh hō͘石頭變 tńg-lâi 石頭，chiah 會有藝術 chit 種物件 ê 存在」，「藝術 ê 日的是 beh kā 事物變成 hō͘-lán 看-ē-tiȯ̍h-ê，m̄-是 ka-nā 有法度認知 niâ-niâ」。「藝術 ê 手路 tiȯ̍h 是 kā 事物『生份化』ê 手路，因為佇藝術 ê 內底，感受 ê 過程本身，tiȯ̍h 是伊 ê 目 ê」（Шкловский B. O., 1983，tē 15 頁）。所以文學 tiȯ̍h 是用種種 ê 手路，kā-lán 日常生活 ê 事物「生份化」，hō͘讀者會去

注意 tio̍h、感受 tio̍h chiah ê 事物。文學研究 ê 目的 kap 任務，tio̍h 是 ài chhūe-chhut 作品內底各種 ê「生份化」手路，因為所有 ê 形式，所有 ê 手路，攏是「生份化」ê 手路；藝術正正是「手路 ê 堆積」，手路正是「文學性」ê 所在。

形式主義者佇提出「生份化」觀念 ê 同時，iā tùi 文學史 ê 演變做 liáu kap 傳統 ê 文學理論完全無仝款 ê 詮釋：文學佇每 1 ê 時代 ê 演變，m̄是表達 ê「內容」改變，是表達 ê「形式、特徵」改變：仝款 ê 形式，仝款 ê 技巧 nā 是用久，tō 會產生「自動化」ê 效果，讀者 tio̍h 袂 koh 去注意伊，1 篇作品 tio̍h 失去「文學性」。親像 Si-kho-lo-hu-su-ki 講 ê：「每 1 種藝術攏會經過 1 條 ùi 出世 kàu 死亡；ùi 看會 tio̍h--ê kàu kā-nā 有法度認知 ê 路。佇看會 tio̍h ê 情形之下，作品每 1 ê 細節攏受 tio̍h 讀者 ê 觀察 kap 欣賞；佇 kā-nā 有法度認知 ê 情形之下，伊 ê 形式 tio̍h 變成 chin 粗 ê 模仿品，模仿 tio̍h 家己 kap 傳統。買冊 ê 人（leh 讀 ê 時陣）iā 袂注意 tio̍h 伊（指形式）ê 存在」（Шкловский В., 1990，tē 94 頁）。Chit ê 時陣，tio̍h 會產生另外 1 種無仝款 ê 手路，無仝款 ê 形式，hō͘ 文學作品繼續有「生份化」ê 功能。手路／形式 ê 改變，iā tio̍h 是文學 ê 演變。手路／形式改變 ê 歷史，tio̍h 是文學 ê 歷史。

3.「主導」觀念 ê 提出

形式主義 kā 文學 ê 定義，文學史 ê 演變過程，文學 ê 研究法 kap 研究 ê 對象攏作 liáu kap「古典主義」文學 [16] 完全無仝 ê 詮釋。

---

[16]. 佇文學上 it-poaⁿ 對「古典主義」有 2 種定義：狹義 ê 古典主義專門指 17 世紀 siōng 時行 ê 文學風格，特色是「三一律」（時間／空間／行為

第 2 章：形式主義 kap Phu-la-ku（布拉格，Prague）功能語言學派

M̄-koh，形式主義者並無解決下面 chit ê kap 文學史有關係 ê 問題：頂面講 tiòh 形式主義者認為文學 ê 演進 tiòh-是舊 ê 形式，舊 ê 手路因為 it-tit 出現，產生「自動化」ê 結果，hō 讀者袂 koh 去注意 chiah ê 手路。所以 tiòh 需要產生新 ê 手路，chit ê 過程 tiòh 是文學演變 ê 過程。M̄-koh，nā 是用詩 lâi 做例，古典詩 kap 現代詩攏 ē 用 tiòh（當然，古典詩是 it-tēng ài 用；現代詩是無 it-teng ài 用）押韻，排比，格律等等，各種 ê 手路。佇 chit 種情形之下，使用仝款技巧 ê 古典詩 kap 現代詩，到底有啥物無仝？文學是「手路 ê 累積」，nā 是按尼，1 篇文本內底所使用 ê 各種手路，關係是按怎？Iā 是所有 ê 手路互相之間攏完全無關係？

針對 chit ê 問題，形式主義 ê 繼承流派：Phu-la-ku 語言學派，提出了 chin 好 ê 回答。Phu-la-ku 語言學派 ê 大將 Ia-khap-song（Роман Якобсон，雅可布森）佇 1 擺演講內底，提出 tùi 問題 ê 回答：文學作品「本身 tiòh 是 1 ê 價值系統；就親像任何價值系統 ê 情形仝款，伊 mā 有自身 ê 高級價值 kap 低級價值，同時 koh 有 1 ê siōng 主要 ê 價值。Chit ê 主要價值 tiòh 是主導」（雅可布森・羅曼，2004，tē 8-9 頁）。

Ia-khap-song 認為：1 種文學 ê 體裁所以會 hō 人認為是 chit 款體裁，是因為伊 ê「主導」手路，nā 是失去 chit ê 主導 ê 手路，原本 ê 文學體裁 tiòh 會變成另外 1 種 ê 體裁。伊佇 chit 場演講內底舉

---

chit 3 者攏 ài 唯一）ê 論點；廣義 ê 古典主義 kap「現代主義」以及「後現代主義」相對，泛指 20 世紀以前所有 ê 文學風格。本論文佇 chit 个所在是用後者，iā-tiòh 是廣義 ê 定義。

liáu 捷克 ê 詩作例:「佇 14 世紀 ê 捷克詩內底,詩 siōng 重要 iā 袂 sái 欠缺 ê 成分(i)是押韻,hit-tong-sî iā 存在由無全音節數量 ê 詩 chuah [17]所合成 ê 詩,(i) m̄-koh 無法度接受無押韻 ê 詩」;「佇 19 世紀後期捷克 ê 現實主義 ê 詩作內底,押韻 m̄ 是一定 ài 有 ê 手路,顛倒是(每 1 ê 詩行有)一定 ê 音節數量是袂-sat-lih 無 ê 成分」;「佇現代,捷克創作新 ê,適合現代 ê 自由詩體,chit 種詩 ê 體裁無 it-tēng ài 押韻,mā 無 it-tēng ài 有固定 ê 音節數,伊內底必要 ê 成分變作是(全詩)語調 ê 統一:語調變成詩 ê 體裁 ê 主導成分」(雅可布森‧羅曼,2004,tē 9 頁)。Ia-khap-sơng 講,chit 3 種體裁 ê 詩內底 tiāⁿ-tiāⁿ 攏會出現共全 ê 元素:押韻、固定 ê 詩行 ê 音節數,以及語調 ê 統一。M̄-koh,lán 會當透過「主導」成分 ê 無全,lâi 判斷 1 首詩 ê 時代;iā 會當講,詩 ê 體裁 ê 演變,tio̍h-是「主導」手路 ê 改變。

　　Nā 是講形式主義證明 liáu 文學作品內底「手路」ê 多樣性,Phu-la-ku 語言學派 tio̍h 說明 liáu 各種手路中 hng ê「關係」:文學作品內底 ê 手路其實有 chin 濟是全款--ê,m̄-koh,佇每 1 ê 時代,每 1 ê 派別內底,各種手路所 khia ê 位置 kap in ê 重要性攏無全。所以,文體 ê 演變只是「系統內各種成分中間互相 ê 關係轉換 ê 問題」,iā tio̍h 是「主導成分轉換 ê 問題」。

　　同時,「主導」手路 ê 提出,iā 間接證明文學作品是「結構完

---

17. Tiōh 親像台語古典詩的格律計算單位是「字 ê 數目」(七言詩每 1 chuah 7 字,5 言詩:5 字),歐洲因為是拼音文字,in ê 詩 ê 格律計算單位是「音節的數目」。

整 ê 整體」，佇 chit ê 整體內底，各種 ê 手路 m̄是無順序 ê 雜亂存在，是有層次 ê 規律安排。Che iā hō 歐洲 ê 文學理論向後 1ê 階段：「結構主義」koh-khah 接近。

第 2 節：Cháu-chhūe 林宗源作品 ê 主導手路

1. 各種手路 ê 功能 kap 主導手法出現 ê 原因

It-poaⁿ 來講，想 beh chhūe 出主導 ê 手法，頭先 ài 觀察詩人 ê 作品內底 siōng chiap 出現 ê 手路。Koh 來是佇 chiah ê 手法內底，將 tùi 其他手法 siōng 有影響力 ê 部份 chhūe 出來。

詩人會當使用 ê 手路非常多。M̄-koh 大部分 ê 手路攏 kap 以下 3 ê 功能有關係：連結詩行 kap 詩行，hō 1 首詩 chiaⁿ 作 1ê 整體；構成詩 ê 內在節奏；表現詩 ê 意義等。

頭先講 tiòh 連結詩行。露西亞 ê 大詩人 Ma-ia-kho-hu-su-ki（B. B. Мояковский，馬雅可夫斯基）佇 leh 講 tiòh 音韻 ê 時，bat 講「音韻將你帶轉去頭前 ê 詩行，hō 讀者回想起 in ê 存在」（Мояковский B., 1959，tē 105 頁），M̄-nā 是音韻，大部份 ê 詩 ê 手路攏有全款 ê 功能：散文 kap 小說是 it-tit 寫 kàu hit chuah 結束，chiah koh ùi 後 1 chuah ê 頭前寫起。所以佇外表 chiaⁿ 作全 1ê 整體是袂有疑問 ê。M̄-koh 照 it 般詩 ê 寫法，是絕對袂寫 kàu 1 chuah 結束 chiah 來換 chuah。所以 tiòh ài 透過另外 ê 方式來連結詩行 kap 詩行，hō in chiaⁿ 作全 1ê 整體。所以大部分詩 ê 手路，都會「將讀者帶轉去頭前 ê 詩 chuah，hō 讀者回想起頭前詩 chuah ê 存在」。過 chit 種方式連結詩 chuah， hō 1 首詩 chiaⁿ 作 1ê 整體。

Koh 來是構成詩 ê 內在節奏。佇古典詩 ê 時期，大家攏講「格律」。因為格律是所有 ê 詩人攏需要共仝遵守 ê 規則（格律包括押韻，平仄，對仗等等），而且伊有 it-tēng ê 模式。M̄-koh 佇現代詩內底，並無 it-tēng ài 遵守 ê 格律，詩人自由運用所有手路，營造 kūi 首詩 ê 韻律。Chit 種詩 ê 自由韻律，hō͘ 人稱呼作「節奏」。當代台灣文學研究者李翠瑛佇伊 ê 論文〈詩情音韻──論新詩的內在節奏及其形式表現手路〉內底，是 án-ne 解釋「節奏」ê：詩人運用種種 ê 手路，造成 1 種「符合自然律動，因應情境內容變化，隨 tio̍h 情緒波動」ê 感覺，這 tio̍h 是詩 ê 節奏。而且「詩 ê 節奏是詩 ê 音樂性 ê 1 部分，伊 kap 詩句 ê 語言表現形式有 chin 大 ê 關係」（李翠瑛，2004，tē 67 頁）。佇這篇論文續落來 ê 部分，李翠瑛詳細說明 liáu 詩 ê 手路是按怎來形成詩 ê 內在節奏。所以佇 chit ê 所在 tio̍h 無 koh 重複。

　　第 3 是表現詩 ê 意義：「形式表現內容，內容決定形式」chit-má 已經是大家攏 chin 熟 siā ê 觀念。無論是音韻，音尺，ā 是所有其它 ê 手路，攏 kap 詩 beh 表現出來 ê 意義有關係。露西亞 20 世紀中、後期 siōng-kài 重要 ê 詩學理論家 Ha-lu-se-hu-ni-kho-hu（Холшевников В. Е.，赫爾雪尼科夫）佇 1 篇論文「抒情詩 ê 情節分析」內底，明確指出：「故事／劇本 ê 情節 it 般來講（i）是會當 hō͘ 讀者『用家己 ê 話』講出來 ê；m̄-koh 抒情詩 ê 情節無法度。因為抒情詩內底所有 ê 成分攏「內容化」lo̍h。」伊續落來 koh 說明，ùi「用詞 ê 選擇 kap 詞序 ê 安排」，it-tit kàu「詩句 ê 長短」，「押韻 ê 方式」等等，所有 chiah ê 部分，攏會當「表達（詩 ê）感覺

kap 意義」。詩「所 beh 表達 ê 全部內容」kap「表達 ê 方法」(手路) 是「it 體化--ê」。

Tiòh 是因為詩裡面所有手路 ê 功能攏是 chit 3 種，所以 tng-tōng 作者想 beh 表現某 1 種情緒 ā-是想 beh hō 作品呈現某 1 種風格，伊 tiòh 會當選擇某 1 種／某幾種手路，尤其現代詩無親像古典詩有手路使用 ê 限制，作者 ê 自由度 koh khah 懸。也因為 án-ne, nā 是作者 khah kah 意 tó 1 種手路，hit 種手路出現 ê 頻率 tiòh 會特別懸。其他 ê 手路受 tiòh chit 種手路 ê 影響，出現 ê 頻率自然降低，有 tang 時仔甚至必須配合 chit 種手路來使用。這 tiòh 是是按怎每 1 ê 作家攏有家己主導手路 ê 原因。

2. 林宗源 ê 主導手路

佇各種手路內底，林宗源最常使用 ê，也會使講是伊 ê 主導手路--ê，應當是「重複排比」--loh。Lán nā 是詳細觀察伊 ê 作品，會當發現 tùi siōng 早出版 ê《力 ê 舞蹈》(春暉出版社，1984) it-tit kàu 最近出版 ê《無禁忌 ê 激情》(番薯詩社，2004)，「重複排比」chit 種手路出現 ê 頻率攏 chin 懸。以 1995 年出版，包括大部分林宗源先生佇 1995 年以前 ê 代表作 ê《林宗源台語詩精選集上》為例，佇詩選所選 ê 150 首詩內底，tiòh 有 128 條（占超過 85% ê 比例）是明顯使用 tiòh 重複排比 ê 手路；無用到重複排比手路 ê 詩，kā-nā 22 條，koh 無夠 15%。佇 chit 22 首詩中，包括 1 首圖像詩（「三級跳」），1 首大量使用數字 ê 詩（「0=10」），3 首散文詩（「阮懷疑上帝 ê 博愛」，「假使世界用旅社名字出現」，「厝角鳥仔」），koh 有親像「十姊妹」chit 種劇本形式 ê 詩，「黑板」chit 種模仿旅社住

房紀錄 ê 詩,「電冰箱」chit 種對話形式 ê 詩。Chiah ê 形式特別 ê 詩作,原本 tiòh chin pháiⁿ 使用重覆排比 chit 款手路。Nā 是排除 chiah ê 特殊形式 ê 詩,使用 tiòh 重覆排比 ê 詩作,占林宗源作品 ê 9 成以上。Chit 種使用重覆排比 ê 比例佇台灣詩人內底,應該 mā 會當算是獨 it 無 jī--ê。

3.「重複排比」ê 定義

佇文學分析內底,仝 1 ê 專有名詞佇無仝 ê 研究者用--起來,tiāⁿ-tiāⁿ 會有無仝 ê 內涵 kap 意義。也因為按尼,tiāⁿ-tiāⁿ 引起爭論。為 tiòh 避免 chit 種情形,必須佇 chit ê 所在對本文使用 ê 專有名詞「重複排比」,做定義 ê 說明:

佇文學研究者內底,siōng 早注意 tiòh 重複排比 chit 種手路,並且對 chit 種手路做出科學分析 ê 人正是形式主義者 Si-kho-lo-hu-su-ki。佇伊 1929 年出版 ê《散文理論》(«О теории прозы»)內底,藉著討論民間文學,伊提出 liáu「全意反覆」、「排比反覆」、「心理排比」3 種觀念。Si-kho-lo-hu-su-ki 認為,chit 3 種手路 kap 其他 chit-kúa-á 民間文學 tiāⁿ-tiāⁿ 使用 ê 手路仝款,「攏算是樓梯性 ê 結構手路」,也 tiòh 是「重複排比」ê 手路(Шкловский,1983,tē 35 頁)。

佇 chit 篇影響後來 ê 文學界 chin 大 ê 文章內底,Si-kho-lo-hu-si-ki 續落來用 chin 大 ê 篇幅,詳細說明重複排比 ê 分類:伊講 chiah ê 重複排比 ê 手路「有 ê kā-nā 是仝 1 ê 語詞 ê 重複,有 ê 是發音 sio-oah,意義仝款 ê 詞 ê 重複 (i),mā 有可能(而且機會 chin 大)是前置詞 ê 重複 (i),ā 是佇 sio-oah ê 詩 choah 內底,第 2 choah ê 開始重

覆頂1 chuah 詩結尾所在 ê 詞／詞組（che mā 是 tiāⁿ-tiaⁿ 會 tàng tú-tio̍h ê 現象）」,「有時通過雙重否定來表現重複」[18]，ā 是使用「仝義詞組」（根據 Si-kho-lo̍-hu-su-ki ê 說明，chit 種情形有 tang 時仔是「2 個詞其中 1 ê 是外來語，另外 1 ê 是本地語；也有可能佇 2 個詞內底 1 ê 是 1 種概念，另外 1 個是另外 ê 概念」）。另外,「重複〈i〉kūi ê 段落當然 mā 會當算是重複 ê 1 種展延形式」,「2 ê 分屬無仝詞類，但是有仝款詞根 ê 詞當然也屬於 chit 種狀況」。最後，koh 有「a+（a+a）+（a（a+a））+i」kap「a+（a+a）（a+（a+a）+ái）ê 方式（Шкловский B. O,1983，tē 35-36 頁）。

　　Si-kho-lo̍-hu-su-ki 將重複排比 ê 分類解釋 kah chin 詳細，mā 講 tio̍h 重複排比有 hō 抒情詩 ê 內容發展「速度降低」ê 效果；m̄-koh 伊完全無針對重複排比做出明確 ê 定義。其實，重複和排比應該是 2 種 chin sio-siâng m̄-koh koh 有 sio-kúa-á 無仝 ê 手路：所謂 ê 重複，應該是「佇仝 1 首詩中內底 ê 2 ê 無仝詩 choah 內底，使用仝樣 ê 詞、詞組，ā-是詩句 [19]」。並且，nā-是想 beh 達 kàu 文學 ê 功能，佇安排 ê 時必須 ài hō 讀者會當清楚感覺 tio̍h 詩內底「重複」ê 存在。

　　「排比」是「佇仝 1 首詩內底 ê 2 ê 無仝 ê 詩 choah 內底，使

---

[18]. 親像：巷仔直直，chit-tiám-á 攏無彎曲；伊 iah 是羅漢腳仔，iah bē 結婚⋯等等。
[19]. 音 ê 重複，親像講押韻、詩內底 ê 語音重複等等，牽涉 tio̍h 音韻，並且以「音素」ā-sī「音位」為單位 ê 部分，kap 本文所討論 ê，以「詞」為單位 ê 部分雖然互相有影響，但是分別屬佇無仝 ê 範疇。Lán 會另外討論，無佇本論文 kē 作論述。

用詞類相仝、意義 sio-oah／外型接近／有順序性（1、2、3、4；第1、第2、第3、第4i等等）ê 詞、詞組（有 tang 時仔佇 kah 罕--ê 例內底，mā 有可能出現 kûie 詩句 ê 排比）」。Kap「重複」仝款，「排比」ê 手路 nā-是想 beh 達 kàu 文學 ê 功能，佇安排 ê 時陣必須 ài hō 讀者會當清楚感覺--tioh。

「排比」kap「重複」佇在外表 ê 差別，tioh 是佇「重複」ê 手路內底，完全 sio 仝 ê 語言成分 it-tit 重複出現；m̄-koh 佇「排比」ê 情形，tioh 算 chiah ê 語言成分 ê 意思 chin 接近（仝意詞、仝意 ê 詞組、詩句）ā 是聲音差無 kài 濟，m̄-koh chiah ê 元素絕對袂完全重複。

雖然 àn-nē，m̄-koh「重複」kap「排比」chit 2 種手路有 chin 強烈 ê 類似性，有 tang 時仔 chin pháiⁿ 分別：比如講林宗源 ê 作品〈搖孫仔〉：

搖阮乖孫愛睏愛人搖
搖阮戇孫愛哭愛人搖

Chit 2 句 ê 句型是「搖阮□孫愛□愛人搖」，第1ê □是形容「孫仔」ê 形容詞；第2ê □是講孫仔「愛」做啥物 ê 動詞。佇 chîte 例中內底，有重複出現 ê 詞，mā 有仝樣詞類無仝詞 ê 所在（□）。所以 beh 講伊是「重複」，mā 有「重複」；beh 說 ché 是「排比」，soah 也有「排比」。chit 種手路佇台語現代詩內底，出現 ê 頻率 chin 懸。李翠瑛將 chit 種手路稱作「排比」[20]。M̄-koh nā 是按尼，tioh

---

[20]. 請參閱：（李翠瑛，2004，tē 83-84 頁）。文中用華語現代詩「問劉十

第 2 章：形式主義 kap Phu-la-ku（布拉格，Prague）功能語言學派

會忽略裡面「重複」ê 所在--尤其是重複出現 ê 詞占 chit 2 ê 詩句 ê 大多數。

因為「重複」kap「排比」chit 2 種手路 ê 外型 kap 功能 sio-oah，模糊地帶 chin 濟，chit 2 種手路 kohtiāⁿ-tiaⁿ 作夥出現，所以佇本論文內底 kā chit 2 種手路合稱作「重複排比」。

4. 林宗源 ê 詩中出現 ê 各種「重複排比」手路 kap in 所造成 ê 效果

佇林宗源 ê 詩作內底，重複排比出現 ê 頻率 chin 懸，而且會當分作下面幾種無仝 ê 形式：

1. 單詞 ê 重複排比

Che 是 siōng 基本、siōng 簡單 ê「重複排比」方式，tiȯh 是佇仝 1 首詩作內面 2 ê 無仝詩句內底 ê 仝 1 ê 所在（通常是佇詩句 ê 開始），重複仝 ê 詞／詞組（m̄-koh 2 句 ê 句型並無 it 定 ài sio 仝）。Chit 種手路會當造成呼喊 iā 是要求 ê 效果：以〈予我食飯 ê 自由〉為例，詩 ê 前 4 句是按尼：

> 予我食飯 ê 自由
> 予我娶某 ê 義務
> 予我生子 ê 責任
> 予我拾元銀做所費

Nā-是 kā-nā 看 tiȯh chit 4 句，讀者可能認為 che 是詩中 ê 主角 teh

九變奏曲」chiaⁿ 作範例。

要求生活需要 ê 物件。M̄-koh 第 5 句 kap 第 6 句「我 m̄ 是人／是一部機器」出現 liáu 後，讀者 tiòh 會知影頭前 4 句內底重複排比 ê 手路，原來 tiòh 是 beh 加強抗議 ê 聲音。句首 ê 重複排比加強 liáu 全詩「抗議」ê 感覺。

佇另外 1 首〈黎巴嫩 ê 抗命歌〉當中，單詞 ê 重複排比大量出現，tiòh 親像第 3 章 ê 第 2 段頭前 3 choah 攏用「比金希望」做起頭；第 4 段 ê 第 3 choah kap 第 4 choah 攏是用「雖然你」開始；第 5 段 ê 第 1 choah kap 第 5 choah 攏用「雷根」起頭；第 2、3、4 choah 用「伊」來開始；第 6 段，也是 siōng 尾仔 1 段 ê 中 hng 4 choah，攏是用「你」起頭。重複排比佇 chit ê 作品內底，形成呼求，強烈 iang-kiû ê 感覺。

2. 句型 ê 重複排比

句型 ê 重複排比是另外 1 種 ê 重複排比方式。佇 chit 種情形內底，有時陣 mā 會出現重複 ê 詞，m̄-koh 無 it 定 ê 必要，siōng 重要 ê 是句型相仝，親像講〈中央山脈 ê 戀歌〉chit 首詩 ê 每 1 段內底，攏有 1 句是用「啊！啥物才會當□你 ê 心」(□內底是動詞) chit ê 句型；佇「變形 ê 愛」內底，第 1 段 kap 第 2 段 ê 頭句 kap 尾句，分別是 4 ê 動詞：「強」、「顫」、「挈」、「拐」。

句型 ê 重複排比，佇出名 ê〈講一句罰一元〉內底，發揮 liáu 特別 ê 功能：

　　講一句罰一元
　　台灣話真俗

阮老父逐日予我幾張新台幣

講一句掛一擺狗牌
台灣話（會勿）咬人
阮先生教阮咬 chit ê 傳彼個

講一句徛一擺黑板
台灣話（會勿）刣人
阮徛黑板無知犯啥罪

講一句打一擺手心
台灣話有毒
阮 ê 毒來佇中原 ê 所在

先生　伊講廣東話為啥無打手心
先生　伊講上海話也無徛黑板
先生　伊講四川話也無掛狗牌
先生　你講英語為啥無罰一元

先生提起竹仔枝打破阮 ê 心

這首詩頭前 4 段 ê 句型，攏是仝款：

講一句罰一元

台灣話……

阮……

　　Chit 4 段攏是 leh 說明「講台灣話會受處罰」。因為是單純 ê 敘述，語氣 khah 平穩，重複排比 ê 句型 mā 是以「段」作單位來進行。

　　到第 5 段，內容變成主角對先生 ê 質問，劇情變 kap 緊張，重複排比 ê 句型 mā 隨 tiòh 劇情變成以「句」作單位 ê「先生　伊講i為啥（也無）i」。由 khah lang、khah lēng（以「段」作單位），變成節奏 khah 緊 ê 以「句」為單位，隨劇情來改變出現 ê 頻率，hō內容 kap 形式達 kàu 強烈 ê 一致性，che tiòh 是林宗源佇重複排比 ê 應用內底，厲害 ê 所在。

3. 2 句－2 句 1 組 ê「重複排比」

　　佇所有「重複排比」ê 類型內底，連結性 siōng 強，造成 ê 節奏 mā siōng 緊 ê，tiòh 是 2 句－2 句 1 組 chit 種排比方式。所謂 ê「2 句－2 句 1 組」，其實 tiòh 是句型 ê 重複排比，但是因為 kūi 首詩（ā-是詩 ê 某幾段）攏是「2 句－2 句 1 段」，而且全 1 段內底 ê 2 chòah 詩互相重複排比。所以比 it-poaⁿ 句型 ê 重複排比有 koh-khah 強烈 ê 效果。親向下面 chit 首〈低落乳水 ê 土地（五）〉：

　　　　夢 m̄ 是彎曲 ê 夢
　　　　夢是一條通去理想 ê 路

　　　　阿母　我無法度用筆寫出妳 ê 夢
　　　　阿母　我只有用心來畫你 ê 愛

第 2 章：形式主義 kap Phu-la-ku（布拉格，Prague）功能語言學派

路是一條無止境 ê 夢
路 m̄是坎碣 ê 路

這首詩 3 段攏是由 2 choah 詩組成，nā 是分別來看，第 1 段詩內底 ê 2 choah 詩攏用「夢」開始；第二段：用「阿母　我」開始；第三段：用「路」開始。Chit 種運用除 liáu 會當造成節奏輕快 ê 感覺以外，Chit 3 ê 詞也代表 chit 首詩 ê 3 種主題。另外，nā-是將 3 段 khǹg 作夥比較，將其中重複排比 ê 所在提--出來，會得到下面 ê 句型：

夢 m̄是…夢
夢是…路

阿母　我…用…你 ê 夢
阿母　我…用…你 ê 夢

路是…夢
路 m̄是…路

會當清楚看出，第 1 段 kap 第 3 段 ê 句型是全款 ê，只是排列顛倒。Iā-tiȯh 是講，nā 是分別 ùi 頭尾向中 hng 看，句型是對稱 ê。這 tiȯh 造成和諧而且緊密結合 ê 效果。甚至詩內面 ê 用詞：「夢 m̄是夢」，「夢是路」；「路是夢」；「路 m̄是路」。第 2 段 kap 第 3 段 ê 內容，配合重複排比 ê 形式，做出完美 ê 結合。

其實，chit 種手路 m̄是佇林宗源變成出名 ê 詩人以後 chiah 使

用 ê，佇 1955 年 ê〈我有 1 ê 夢〉這首詩內底，tiòh 看會見重複排比 ê 手路：

> 假使我是一支會吐感情 ê 筆
> 我 beh 共滿腹 ê 墨吐成彩色 ê 天
>
> 假使我是一支真利 ê 劍
> 我 beh 割碎傳統獻開胸葉
>
> 假使我是一隻伶俐 ê 海燕
> 我 beh 飛去永恆 ê 岫
>
> 假使我是一隻獅
> 我 beh 面對獵槍
>
> 我有 1 ê 夢
> 夢中 ê 宇宙佇我小小 ê 手心

這首詩頭前 4 段 ê 句型是按尼：

假使我是……
我 beh ……

2 句－2 句 1 組 ê「重複排比」，造成前 4 段 ê 節奏 chin 緊，tiòh 親像人 ê 無盡想像慢慢出現，soah 雄雄 koh 改變。Tng-tong 讀者

已經慣習 chit 種句型，並且期待所有續落來 ê 詩 choah，攏會是 chit 種句型 ê 時陣，最後 1 段 soah 雄雄出現無仝款 ê 句型：「我有 1 ê 夢／ 夢中 ê 宇宙佇我小小 ê 手心」。最後這段停止重複排比 ê 使用，除 liáu 造成節奏 ê 和緩、減速，將讀者 ùi 幻想 khiú 轉來現實以外，koh 有配合視角 ê 轉換效果（頭前 4 段攏是 ùi 詩 ê 主角 ê 內心 leh 看，kap 最後 1 段 ê 直接敘述無仝）。

4. 綜合型 ê「重複排比」

綜合型 ê 重複排比手路，往往比單純 1 種重複排比，會當發揮 koh-khah 大 ê 效果。親像以下這首〈搖孫仔〉：

搖仔搖　　惜仔惜
搖阮乖孫愛睏愛人搖
搖阮戇孫愛哭愛人搖
搖仔搖　　惜仔惜

阿媽慈祥 ê 聲
搖著無知世事 ê 伊
伊是阿媽心內 ê 夢
阿媽按古早搖到今嗎

搖仔搖　　惜仔惜
搖阮乖孫愛睏愛人搖
搖阮戇孫愛哭愛人搖

搖仔搖　惜仔惜

這首詩 mā 是由 3 ê 詩段組成,每 1 段攏使用 tiòh 重複排比 ê 手路:佇第 1 段內底,m̄-nā 是第 1 句 kap 第 4 句完全重複,mā m̄-nā 是第 2 句 kap 第 3 句 ê 句型 sio-oȧh（攏是「搖阮□孫愛□愛人搖」;第 1 ê □ 是形容詞,第 2 ê 是動詞）,甚至連第 1 句 kap 第 4 句 ê 前後部份,句型 mā 是全款（□仔□,□是動詞）。　第 2 段 ê 句型親像下面按尼:

阿媽……
……伊
伊……
阿媽……

Che mā 是 chin 完整 ê 對照結構,用 chit ê 結構連接 2 ê 詩中 siōng 重要 ê 角色:搖人 ê「阿媽」和 hō 人搖 ê「伊」。第 3 段完全重複第 1 段。完全重複 ê 2 段,將第 2 段 ê「阿媽」kap「伊」包圍,形成安全,溫暖 ê 氛圍。

　　會當講,這首詩用段 kap 段、句 kap 句、前半句 kap 後半句 ê 層層重複排比,將「搖孫仔」hit 種無微 put 至,保護周全 ê 感覺,完全表達出來。

　　Lú 嚴密,占 kūi 首詩用詞比例 lú 懸 ê 重複排比,tiòh lú 有嚴密結合 ê 感覺,節奏 mā 會 lú 順,m̄-koh 全款字數會當表示 ê 意象 lu 少。相對來講,占 kūi 首詩用詞比例越 kē ê 重複排比,就 lú 無嚴密結合 ê 感覺,m̄-koh 全款字數會當表示 ê 意象 lú 濟。各種無

全程度 ê 重複排比，佇林宗源先生 ê 作品內底，得到最大程度 ê 發揮。

第 3 章：Tha-lo-thu（Tartu，塔爾圖）符號學派

第 1 節：「Tha-lo-thu-su-kho 符號學學派」ê 主要詩學理論

學派產生 ê 背景：2 大傳統 ê 結合

「Tha-lo-thu 符號學派」完整 ê 稱呼是「Tha-lo-thu – Ma-su-kho-ba 符號學學派」（Тартуско-московская семиотическая школа）名稱內底包含 tiỏh 2 ê 都市──Tha-lo-thu（Тарту，塔爾圖──愛沙尼亞首都）kap Ma-su-kho-ba（Москва，莫斯科──露西亞首都）。Tiỏh 親像伊 ê 名全款，是 iû 2 ê 中心都市 ê 學者所組成 ê。M̄-koh, tiỏh 親像 chit ê 學派內底 ê 成員家己講 ê：「ché m̄-nā kā-nā 是個人 ê 結合」，「che 是 2 種文化傳統，2 種語文學思維派別 ê 結合」（Успенский Б. А., 1994，tē 265-266 頁）。Che 確實是按尼：當時學派佇 Ma-su-kho ê 成員，大部分攏是語言學家：In 看世界 ê 方式，是「語言學家 ê 方式」；in 切入符號學 ê 角度，mā 是語言學家 ê 角度。另外 1 方面，Tha-lo-thu ê 成員，大部分攏是文學家：In 看世界 ê 方式 kap 切入符號學 ê 角度，當然 mā 是文學家 ê 方式、文學家 ê 角度。

另外值得提出來說明 ê，是學派佇 Tha-lo-thu ê 成員，其實繼承 liáu Sang-khu-thu Pe-te-lu-pu-lu-ku（Санкт-Петербург，聖彼得堡），ā-是以當時 ê 名號來講：Lie-ning-ko-la-tơ（Ленинград，列寧

格勒）ê 傳統：20 世紀初期、中期 ê Pe-te-lu-pu-lu-ku 出 liáu 濟濟出名 ê 文學家：Ei-heng-pau-mu（Эйхенбаум，艾興褒姆）、Ji-li-mun-su-ki（Жирмунский，日爾蒙斯基）、Tho-ma-se-hu-su-ki（Томашевский，湯瑪雪夫斯基）、Pah-chin（Бахтин，巴赫金）、Phu-lo͘-pho（Пропп，普洛普）、Ku-kho͘-hu-su-ki（Гуковский 古科夫斯基）⋯等等，佇文學研究頂懸提出濟濟新理論 ê 大師級人物；相對 ê，Ma-su-kho-ba 佇 hit 當 chūn ê 文學研究頂懸，無 hiah-nī 大 ê 貢獻。M̄-koh，nā 論語言學家，20 世紀初期 Ma-su-kho-ba 出了濟濟重要 ê 語言學家：Fa-li-tu-na-tho-hu（Фортунатов，法爾杜那多夫）、Thu-lu-pie-chhu-kho͘-i（Трубецкой，吐魯別茨科伊）、Ia-kha-pu-song、Sia-ho-ma-tha-hu（Шахматов，沙赫瑪多夫）。Nā 是大概來分，會當講佇語文學內底，Pe-te-lu-pu-lu-ku 是《文學》ê 中心；Ma-su-kho-ba 是《語言學》ê 中心。Nā ùi chit 點來看，Tha-lo-thu ê 學派成員確實是繼承 liáu Pe-te-lu-pu-lu-ku ê 文學傳統。

除 liáu 頂懸所講，露西亞 ê 語文學傳統以外，beh 證明 Tha-lo-thu 學派繼承 liáu Pe-te-lu-pu-lu-ku ê 傳統 koh khah hō͘ 人信服 ê 證據是：Tha-lo-thu 學派 ê 領導者 Lo͘-tho-man ê 學術出身地是 Pe-te-lu-pu-lu-ku：伊 ê sin-seⁿ tio̍h 是 Ku-kho͘-hu-su-ki，Ji-li-mun-su-ki，Phu-lo͘-pho chiah ê 人。

所以 lán 完全會使講，「Tha-lo-thu－Ma-su-kho-ba 符號學學派」，結合 liáu 前蘇聯 2 大語文學傳統：Ma-su-kho-ba ê 傳統 kap Pe-te-lu-pu-lu-ku ê 傳統；ā-tio̍h 是「語言學家」kap「文學家」傳統。Chit 2 ê 傳統佇學派內底互相啟發，衝擊出全新 ê 文學觀點。

學派 tùi 詩學分析 ê 看法

1. 詩 ê 內涵 kap 意義 ê 產生

露西亞佇 20 世紀 ê 形式主義時期,開創 liáu「文本中心」ê 觀念,iā-tiòh 是認為文學 ê 研究應該 ài 針對「文本以內」ê 物件,無應該 kā 對「文本以外」ê 代誌 ê 研究當作文學研究主要 ê 內容。Chit ê 時陣,siōng 流行 mā siōng 響亮 ê 口號正是「文學 tiòh-是手路 ê 累積」[21]。

因為形式主義者對詩本身「生份化」「手路」ê 研究,造成露西亞文學界佇 20 世紀初期對詩 ê「聲韻」、「重音數」、「格律」研究 ê 盛行,chit 開始確實 mā 達到 chin 大 ê 成果。M̄-koh,tng-tōng 所有 ê 詩學研究者攏 ka-nā 關心 chiah ê 部分 ê 時,詩 ê 研究 tiòh ē 變成 chin「機械化」ê 物件。Che tiòh 親像 20 世紀後期露西亞 chin 出名 ê 詩學家 Ka-su-pa-lo-hu (Гаспаров,加斯帕洛夫)所講 ê:「(讀者)chin 簡單 tiòh 會當算出佇«Pa-lo-ta-ba»[22] chit 首詩內底,ū jōa-chē 重音數佇 3 音步 kē-kôan 格內底」。M̄-koh,讀者無法度講出「佇 chiah ê 音步內底,有 jōa 濟帶 tiòh 感情色彩/特別形象佇內底 ê 詞?Chiah ê 詞內底,koh 有 jōa 濟是帶 tiòh 正面色彩?Jōa 濟 ū 負面色彩?Jōa 濟 koh 是中性 ê?」「Chiah ê ū 形象 ê 詞 kap 其他音步內底 ê 詞,koh 有啥物無仝?」(Гаспаров М. Л.,1994,tē 11 頁)

---

[21] 有關形式主義 ê 理論,ē-tàng 參考何信翰,2006,tē 477-497 頁。
[22] «Полтава»是露西亞 19 世紀 ê 大詩人 Phu-si-kin (Пушкин)所寫 ê 敘事詩。

「Tha-lo-thu——Ma-su-kho-ba 符號學學派」ê 文學理論，正是頂懸 chit ê 問題 ê 解決：繼承自 Sa-ssiu-lo（Feldinand de Saussule，索緒爾）ê 符號號傳統，學派 ê 成員認爲所有 ê 語言符號攏是由「概念」kap「音響形象」所合成 ê，iā-tiòh 是講由「意符」kap「意指」結合所造成。「nā 是欠 liáu 能指 kap 所指 ê 任何 1 項，詞 tiòh 無存在」（費爾迪南‧德‧索緒爾，2002，tē 203 頁。）。所以詩 ê 研究雖然需要講究「科學性」，m̄-koh 絕對 m̄ 是 ka-nā 注意伊 ê「格律」、「聲韻」、iā 是「重音數」tiòh 會使。每 1 ê 詩 ê 符號，包括音、詞、句、段，甚至詩 ê 整體，攏有 in 所代表 ê「形象」。所以，詩 ê 分析 ê 頭 1 項 khang-khòe，tiòh 是將詩內底 ê 個別符號 ê 意符 kap 意指分析 chhut-lâi。

　　學派 ê 主要人物之 it，Tha-lo-thu 大學 ê 前校長 Lo-tho-man tiòh 是 chit ê 理論 ê 強烈支持者之 1。伊反對「當時 ê 結構主義者」繼承 liáu chin-chêng 形式主義 ê 理論所提出 ê「對藝術 ê 研究應該 ài 是 khàm 佇藝術品本身內底-le--ê 內在研究」，而且「結構——符號文學 ê 文學研究 kā 內容、意義攏 tùi 文學研究內底抽出」ê 觀念。Lo-tho-man 認爲 che 違反「符號」ê 功能 kap 意義。Che 是因爲講起來人類創造「符號」ê 目的，是爲 tiòh「信息 ê 傳達」，所以只有對「啥物是『有意義 ê 』，啥物是訊息交流 ê 行爲，以及 chiah ê 行爲所扮演 ê 角色」做研究，chiah 會當真正算是「符號學 ê 研究」（Лотман Ю. M., 1998，tē 44 頁）。

　　另外 chit 方面，當時批評形式主義 kap 結構主義 ê 人攏認爲形式 kap 結構 ê 研究佇文學內底是乾燥 ê，是無必要 ê，是 ka-nā 少

第 3 章：Tha-lo-thu（Tha-lo-thu 或 Tartu)符號學派

數 kùi ê 有興趣 ê 學者 chiah 有需要研究，大部分 ê 讀者根本 tio̍h m̄-bián 了解 ê 物件。Lo-tho-man 舉讀外語寫 ê 冊做例。伊講大家攏知影「ka-nā 想 beh 了解 chit 本冊 ê 內容，m̄-koh 無想 beh 了解用來寫 chit 本冊 ê 語言」是「無可能 ê 代誌」(Лотман Ю. М., 1998，tē 44 頁)。爲 tio̍h beh 了解內容，it-tēng ài 了解語言 ê 表達形式 kap 結構。Lo-tho-man 秉持 tio̍h 符號學「意符 kap 意指合成符號」ê 觀念，認爲對詩 ê 研究，tio̍h 是研究 chiah ê「意符」是按怎傳達「意指」ê 研究。

Nā 是按尼,「意指」, iā-tio̍h 是「意義」，是按怎產生 ê？按照 Lo-tho-man ê 看法，語言會當分作 3 種：自然語言、人工語言 kap jī 層語言[23]。自然語言 tio̍h 親像台語、法語、英語等等，是各民族自然發展 chhut-lâi ê 語言。人工語言 tio̍h 親像密碼、電碼、鐵路 ê 符號等等，是人類爲 tio̍h 特別 ê 目的，佇某 1 ê 特別 ê 場所 iā 是佇某 1 群人中 hng 所使用 ê 語言。Jī 層語言是「佇自然語言 ê 基礎頂懸發展 chhut-lai ê 語言」。詩 ê 語言 tio̍h 是 1 種「jī 層語言」。所以 chit-chióng 語言 ê 意義有 2 層：自然語言 ê 意義 kap「附加khit-lì」ê 意義。詩 ê 語言 tio̍h 是 1 種 jī 層語言。

自然語言 kap jī 層語言 ê 差別，佇 Lo-tho-man ê 觀念內底，是 tng-tong leh 使用自然語言 ê 時陣，接收者對所傳來 ê 信息「有 chìn-chêng tio̍h 慣習 ê 部分，所以預先對所 beh 接收 ê 信息有準備」（預設信息）。因爲 tng-tong lán 使用自然語言做爲溝通 ê 媒介 ê

---

[23] 有關 Lo-tho-man 對語言 ê 分類，請參考：Лотман Ю. М., 1998，tē 21 頁

是，除 liáu 信息本身以外，lán koh ē 根據頂下話／前後文、語境 kap 肢體語言、表情等等，來預測傳達者所 beh 傳達 ê 信息。所以佇傳達者 iáh 袂真正送出信息以前，接收者 tùi 信息 ê 方向 kap 內容其實 tio̍h 已經 ū 心理準備；詩 ê 語言，iā 是講所有種種 ê jī 層語言 ê 意義是「hiông-hiông 出現 ê」，接收者是「臨時得 tio̍h 信息」（突發信息）。所以佇第 1 種情形內底，接收者是「機械式」接收信息；佇第 2 種情形內底，接收者 ūi-tio̍h beh 接收完整 ê 信息，需要了解文本本身「由每 1 ê 細微 ê 語意單位互相結合 kap 作用所產生 ê 複雜語意模式」（Лотман Ю. М., 1994，tē 186 頁）。

　　Lo-tho-man tùi「自然語言」kap「jī 層語言」ê 看法，以伊 ê 背景來看，chin 有可能是受 tio̍h 形式主義者以及 Phu-la-ku 功能語言學派（Пражский лингвистический кружок，布拉格語言學派）ê 影響[24]：形式主義者認為日常生活 ê 動作（包括語言）漸漸 ē 變成「自動化」ê 動作，hō͘ lán ka-nā 是「無意識」接收信息、無意識做出反應；m̄-koh「詩 ê 語言」運用種種「生份化」ê「手路」，hō͘ lán 因為 chiah ê 手路，顛倒會來認真思考所接收 ê 信息，進 1 步得 tio̍h lú 濟 ê 信息量。Phu-la-ku 功能語言學派 tùi chit 方面提出 liáu「標準語」（литературный язык） kap「詩語」（поэтический язык） ê 觀念。In tùi「功能學」出發，認為「標準語」ê 功能是

---

[24] 考慮 Lo-tho-man sī tī Pe-te-lu-pu-lu-ku 受教育，形式主義者 ê 大本營正是佇 hia，而且大部分 ê 形式主義者攏 kap Lo-tho-man ê 老師有相當 ê 交情，甚至 Ia-khap-song koh bat 佇 Tha-lo-thu 大學開課，kap Lo-tho-man 是同事兼朋友。所以 ē-tàng 推測 Lo-tho-man 有受 tio̍h 形式主義 kap Phu-la-ku 功能語言學派 ê 影響。

「傳達信息」，所以接收者接 tioh ē 信息會因爲家己 ê 無注意來減少；「詩語」ê 功能是「傳達美感」，所以所用 ê 各種手路攏 ē hō 接收者認真去思考內底 ê「蘊藏信息」，顚倒 ē hō 接收者得 tioh lú 濟 ê 信息量[25]。

　　Lo-tho-man 佇形式主義 kap Phu-la-ku 語言學派 ê 基礎頂懸 koh 進 1 步，認爲 jī 層語言雖然是用自然語言做基礎，m̄-koh koh 加上藝術 ê 手路。所以詩 ê 語言 ê 意義有 2 層：tē 1 層意義（自然語言 ê 意義）佇傳送 ê 過程中間，ē 失去信息 ê 完整度；M̄-koh，藝術 ê 手路所附加佇詩 ê 語言頂懸 ê 意義 tú-á-hó toh-péng：佇傳播 ê 過程當中，附加 ê 語言內底 ê 信息「複雜化」，m̄-nā 無減少信息 ê 完整度，顚倒全 1 ê 意符所蘊藏 ê 信息量 soah 來增加。伊用下面 chit 張圖來解說 jī-chân 語言意義 ê 形成（Лотман Ю. М., 2000，tē 159 頁）。

---

[25] 有關形式主義 kap Phu-la-ku 功能語言學派佇 chit 方面 ê 看法，ē-tàng 參考台語論文：何信翰（2006）。有關形式主義 mā ē-tàng 直接參考 Шкловский В. О （1929）. Chit ê 學派所講 ê「標準語」其實 tioh 是 Lo-tho-man 所講 ê「自然語言」，「詩語」其實 tioh 是 Lo-tho-man ê「jī 層語言」。有關「標準語」kap「文語」，mā ē-tàng 參考；Мукаржовский Ян.（1967）。

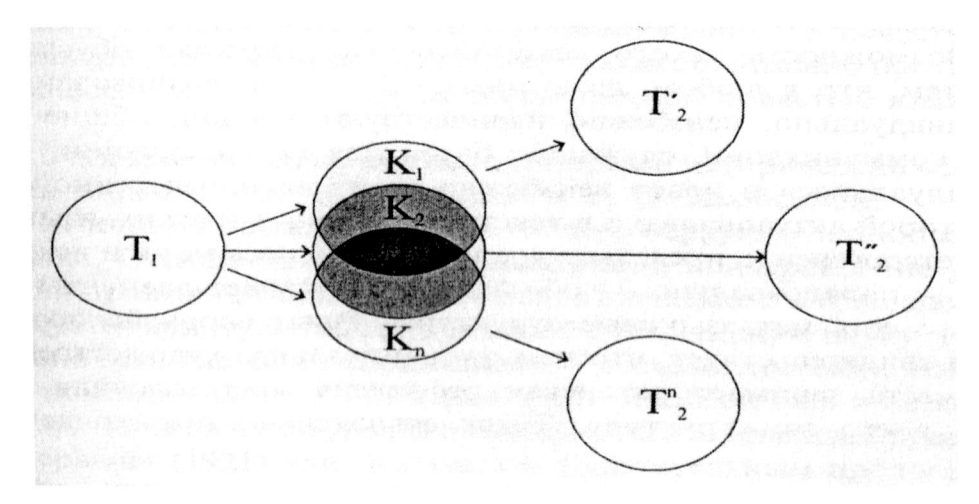

Chit 張表左邊 ê T1 tiȯh 是文本；透過 K1、K2 it-tit kàu Kn 等等 ê「信息單位」(音、詞、句…等等) ê 相互作用（色 lú 深表示 lú 濟信息單位互相作用；lú 淺表示 lú 少；siōng 外 kháu ê 表示無 kap 其他單位相互作用）；產生正手邊 T'2，T"2 it-tit kàu Tṅ chiah ê 無仝 ê 意義（作品內容 ê 詮釋）。

除 liáu 按尼，Lo-tho-man koh 提出藝術作品內底 ê 信息量，m̄ 是 ka-nā kā 作品內底每 1 ê 單位 ê 信息量加起來 hiah nī 簡單（親像 1 首詩 ê 意義，絕對 m̄ 是 kā 詩內底每 1 ê 詞 ê 意義加起來 hiah-nī 簡單），因為佇藝術作品內底，每 1 ê 信息單位所產生 ê 意義 ê 存在「無可能脫離 kap 其他單位 ê 關係」(Лотман Ю. M., 1994，tē 46 頁)。所以每 1 ê 信息單位攏 m̄ 是孤立 ê，攏是 ē kap 其他單位產生互動 ê。佇單位 kap 單位互動 ê 過程中間，tiȯh ē 產生另外 koh-khah 濟新 ê 意義。Che tiȯh 是講，Lo-tho-man ka 藝術文本當作 1 ê 大符號。Chit ê 大符號是由濟濟「中符號」、「細符號」所組成 ê。每 1 ê

第 3 章：Tha-lo-thu（Tha-lo-thu 或 Tartu)符號學派

符號攏有己本身 ê 意符 kap 意指；m̄-koh 2 ê 符號中間（所有 ê 符號無論大細攏有可能產生互動，親像詩內底 ê 詞 kap 句 mā 會當產生互動，無 it-tēng ài 詞 kap 詞）koh ē 互動，產生新 ê 意指。Chit-chióng 透過互動產生新 ê 意指 ê 過程，hō 文學作品產生 chin 豐富 ê 意義 kap 內涵。所以對文藝作品 ê 研究，m̄-bián 關心 in ê 語言 kap 自然語言 sio-kâng ê 部分，顛倒 ài kā 大部份 ê 注意力 khǹg 佇 in ê「附加意義」面頂。Che tiȯh 是 Lo͘-tho-man kap 其他 Tha-lo-thu 學派 ê 學者對藝術作品 ê 內涵 ê 看法。

佇實務 ê 分析上，Lo͘-tho-man 認為信息單位 kap 其他信息單位 ê 互動有 2 種情形：透過「內在重頭編碼」（внутренная перекодировка）kap「外在重頭編碼」（внешная перекодировка）來完成：

「內在重頭編碼」ê 情形，tiȯh 是「符號系統 ê 意義 m̄ 是透過 2 種相 oah ê 系統 ê 互動來產生」；是透過符號系統「本身內部」ê 多元意義產生 ê。Che tiȯh 是 「a=b+c」ê 情形。「a」chit ê 符號 ê 意指 tiȯh 是「b」kap「c」結合、作用 ê 意義（Лотман Ю. М., 1998，tē 47 頁）。親像「lán」chit ê 詞有可能是「我」kap「你」ê 結合，mā 有可能是「我」kap「伊」ê 結合。透過無全 ê 結合，「lán」chit ê 詞 tiȯh 產生無全 ê 意義。

「外在重頭編碼」是「khah-chia̍p 出現 ê」。Che tiȯh 是透過 2 ê 以上 ê 符號單位 ê 互相連結、互動，產生新 ê 意義。佇 chit-chióng 情形 mā 有可能產生「多重外在重頭編碼」（Множественными внешними перекодировками）ê 情形（Лотман Ю. М., 1998，tē 48

頁）——ā-tioh 是互動 m̄是 ka-nā 產生佇 2 ê 單位中間，是超過 2 ê 單位 tâng-chê 產生互動。詩 ê 語言內底 tiāⁿ-tiāⁿ 有 chit-chióng 情形出現。

Lán tùi Lo-tho-man 分析露西亞 19 世紀浪漫主義詩人 Lie-lo-man-tho-hu（М. Ю. Лермонтов，萊蒙托夫）ê 作品「無題（Lán 雖然已經分開，m̄-koh lí ê 形像…）[26]」（«Расстались мы; но твой портрет...»）ê 切入角度，會當清楚看 tioh 面頂 chit 2 種編碼情形佇文學作品內底 ê 存在情形：詩 ê 前 2 句是按尼：

Lán 雖然已經分開，m̄-koh lí ê 形像
Góa 猶原保存佇 góa ê 胸 khám 內底

Lo-tho-man leh 分析 ê 時，講「『我』kap『你』佇詩 ê 1 開始隨時 tioh 結合成『lán』，m̄-koh chit 種結合 ê 內涵 soah 去 hō 代表離別 ê 動詞『分開』所拆散。」所以續落來「lán」koh 變成分開 ê「我」kap「你」，產生 liáu「你 ê」kap「我 ê」2 ê 詞。M̄-kōh，變化 iah 袂結束，代表分開 ê「你 ê」kap「我 ê」，soah 變成「你 ê」（形象）「佇我 ê 胸 khám 內底」（保存）。佇 chit ê 所在，分開 ê koh 結合起來 á。Chit 首詩 ê 頭 2 句，tioh 表現 liáu 繼續 ê 改變：結合－分開－結合（Лотман Ю. М., 1996，tē 163-172 頁）。

佇頂懸 ê 分析內底，lán 會當看出「內在重頭編碼」ê 情形：「lán」是「我」kap「你」合成 ê。

---

[26] It-poaⁿ 來講，詩人 nā 無替詩號名，chit 首詩 tioh 叫做「無題」，m̄-koh 為 tioh 區別，ē 佇後面附上詩 ê 頭 1 句。

第 3 章：Tha-lo-thu（Tha-lo-thu 或 Tartu)符號學派

「外在重頭編碼」ê 情形 lú 濟：「我 ê」kap「你 ê」ê 相對應，「lán」kap「分開」ê 相對應，「我 ê」、「你 ê」kap「你 ê 形像…／…佇我 ê 胸 khám」ê 相對應（佇 chit ê 所在 mā 會使證明單位 kap 單位無 it-tēng ài pêⁿ-tōa chiah 會當產生交互作用：「我 ê」kap「你 ê」是「詞」；「你 ê 形像…／…佇我 ê 胸 khám」是「句」）。

2. 抒情詩 ê 空間系統

除 liáu 頂懸所講 ê「意義」佇互相作用內底產生 ê 觀念以外，「空間系統」mā 是學派重要 ê 詩學理論之 it。Lo·-tho-man chin 重視空間 ê 結構，伊講「文本內底各元素 ê 內在組合體系 tiòh 是語言 ê 空間結構」(Лотман Ю. М., 1998，tē 212 頁）。Chit ê 講法等於 kā 文本 ê 結構 kap 空間結構劃上「等號」。

Nā 是按尼，啥物是 Lo·-tho-man 所講 ê「空間」ne？Lo·-tho-man 所謂 ê 空間，kap 現實生活 ê 空間有對應關係。伊認為「文本內底 ê 空間結構 tiòh 是現實生活中空間結構 ê 模型」，put-jī-kò 文本內底 ê 空間是「仝類 ê 客體（現象、狀況、功能、形象、轉意…等等）ê 總和，chiah ê 客體之間互相攏有牽連，tiòh kah 現實生活 ê 空間同款」(Лотман Ю. М., 1998，tē 212 頁）。所以文本 ê 空間 kap 現實生活 ê 空間仝款，有「hīg　近」，「懸－低」，「正 pêng－左 pêng」，「頭前－後壁」，「開－關」等等 ê 對應。M̄-koh 藝術文本內底 ê 空間 koh 會當有「好－bái」,「善－惡」,「súi－bái」,「相會－分開」,「家己 ê－別人 ê」等等 ê 觀念。會使講只要是互相「對應」ê 2 種 物件，無論是有形 ê ā 是無形 ê，攏會當算是「空間」ê 關係。而且 Lo·-tho-man tiāⁿ-tiāⁿ kā 實際 ê 空間 kap chiah ê 無形 ê

空間結作夥,tang-chê 討論,kā 具體 ê 物件 kap 抽象 ê 概念結合。Chit-種作法 tiāⁿ-tiāⁿ 會當得 tiòh 令人意外 ê 好效果。

舉例來講,佇分析 Lie-lo-man-tho-hu ê 作品「孤帆」(«Парус»)ê 時陣,Lo-tho-man kap Ming-chhu (Минц,明茨) 2 ê 人[27]認為詩 ê tē-3 段

> 佇伊 ê 下 kha,流 tiòh 閃爍 ê 洋流,
> 佇伊 ê 頂面,日光金黃光明。
> M̄-koh 背骨 ê 伊,nǹg 望風暴 ê 來臨,
> 袂 su 風暴之中,藏 tiòh 寧靜。

重點是 leh 描寫空間:「頂懸(日頭)－中 hng(孤帆)－下面(洋流)」,頂懸 ê 空間「金黃光明」代表幸福;下面 ê 空間 mā 有光芒「閃爍」(mā 是代表幸福)。Ka-nā 中 hng ê「孤帆」是黯淡 ê、ut-chut--ê。所以 chit 首詩內底 ê 空間關係會當講是「幸福－悲傷－幸福」。頂、下面 ê 幸福,更加對應出主角 ê 悲哀。

Lo-tho-man 佇後來用類似 ê 方法 koh 分析 liáu Lie-lo-man-tho-hu「天星系列」以及「監獄系列」、「邪魔系列」ê 詩作 liáu-āu,得出 chit-ê 結論:佇 Lie-lo-man-tho-hu ê 作品內底,「幸福」永遠是佇「頂懸」,伊有可能用「天星」、「日頭」、「天堂」、「天」ê 形象出現;「下 kha」mā 有家己 ê 世界,是「鬧熱」ê。主角卻是永遠佇「中 hng」,面頂 ê 幸福伊無法度 khit--lì;下 kha ê 鬧熱伊 mā 無興趣參予,所以伊永遠是孤單--ê,佇真正開闊 ê「中 hng」流浪,tiòh

---

[27] Chit 篇分析是 in 2 ê 人合寫 ê。

親向「孤帆」佇無限 ê 海洋內底孤單漂流[28]。Che tiòh 是 Tha-lo-thu 學派「空間分析」ê 代表作。

Tùi chit 2 項重要觀念會當看出，Lo-tho-man chin 重視「關係」kap「2 元對立法」：m̄管是「意義需要透過信息載體 ê 互相『對照』chiah ē 產生」ā-是空間 ê『對照』，攏是根基佇 chit-2 項觀念所來 ê。會使講「對立」、「並列」是 Lo-tho-man 詩學研究 ê 重要關鍵。

第 2 節：「Tha-lo-thu——Ma-su-kho-ba 符號學學派」ê 詩學理論佇台語詩研究頂懸 ê 運用

Tha-lo-thu——Ma-su-kho-ba 符號學學派 ê 理論 nā 是用佇台語詩 ê 頂懸，確實會當為台語詩 ê 研究帶來新 ê 角度。佇 chit 章內底，tiòh beh 用路寒袖 ê 詩「思念 2 千公尺」來做實際分析 ê 例。

你我住佇 2 千公尺 ê 高山
逐 kang 佮雲咧相看
tiāⁿ-tiāⁿ 有霧來靠岸
雙儂佇遐坐歸工
鳥隻嘛袂甲 lán 趕
生活過了真簡單

思念親像 2 千公尺 ê 高山
我佇都市真孤單

---

[28] 有關 chiah ê 分析，請參考：Лотман Ю. М（1996-a） кap Лотман Ю. М（1996-b）

雖然胭脂作伴
你佇山頂等天暗
嚮望時間像噴泉
生活過了真艱難

是按怎,是按怎
到底是按怎
風那會將咱吹散
1 ê 做山,1 ê 做苦旦　　(路寒袖,1995,tē 69 頁)

Chit 首詩是詩人為潘麗麗 ê 專輯「畫眉」所做 ê 詩。佇 chit 張專輯內底「山」kap「都市」是描寫 ê 重點。

佇詩 ê 開始,lán 看 tiȯh 系列詩內底熟悉 ê 景色:女主角 kap 男主角幸福 ê tàu 陣「住佇 2 千公尺 ê 高山」。Chit ê 景色,tiȯh 親向「畫眉」,「倒 1 杯酒來甲你照顧」內底所描寫 ê 情形全款,是「幸福」ê 景色。「山」chiann 作 1 種空間,佇路寒袖 ê 詩作內底,是男、女主角 tâng-chê 甜蜜過生活 ê 所在,佇山頂 in tàu 陣「捧著星光啉落喉」(畫眉),「無啥感慨」(山路)。佇 chit 首詩 ê 佇 it 段內底,lán 袂 sū koh 看 tiȯh 全款 ê 幸福,全款 ê 心情。

值得注意 ê,是佇 chit ê 所在 1 開始出現 ê 代名詞是「你」、「我」,m̄ 是「lán」。雖然代名詞「lán」na 是用佇 chit ê 所在,kap「你我」攏是代表「男女主角」2 ê 人,m̄-koh「lán」koh ū「合為 1 體」,「無分彼此」ê 內涵,比起全款是 2 ê 單位 ê「你」、「我」來講,有 koh-khah 親 ê 感覺。注意 ê 讀者 tiȯh ē 發現,佇路寒袖

chit 系列 ê 詩作內底，講 tiỏh 男女主角幸福 tàu 陣生活 ê 詩，講 tiỏh 男女主角 2 人 ê 時陣，攏是用「lán」做代名詞：佇「畫眉」內底 ê「流到『lán』兜 ê 門腳口」、「『lán』捧著星光啉落喉」；佇「山路」內底 ê「『lán』ê 將來」，「『lán』匀匀啊行來山頂看大海」；佇「倒 1 杯酒來甲你照顧」kap「等待冬天」內底全款 是「『lán』厝倚踮天地 ê 門戶」kap「知影『lán』遮會落雪」。

相對 ê，nā 是描寫 2 ê 人分開 ê 詩作，講 tiỏh 男、女主角 ē 是，tiỏh ē 出現「你我」chit 2-ê 代名詞：親像「風雲飛過全台灣 ê 厝頂」內底 ê「『你我』夢中繁華 ê 都市」kap「逐暝 1 通電話」內底 ê「希望夢中『你我』鬥陣行」。

Tiỏh 按尼，詩作 tē 1 段雖然是描寫幸福 ê「山頂生活」，m̄-koh，chit ê 所在 ê 代名詞「你我」已經暗示後面 ê 分離…。Tē jī 段 ê 第 1 句是「思念親像 2 千公尺 ê 高山」。佇「思念」ê 內涵內底，tiỏh 有「已經分開」ê 意義：只有「已經分開」chiah ē 需要「思念」。M̄-koh, kap 女主角分開，hō 女主角思念 ê 到底是啥物？全 1 句已經 hō-lán 答案：「2 千公尺 ê 高山」。所以 chiah 有續落來 ê「我『佇都市』真孤單」。

佇前 1 段內底，「2 千公尺 ê 高山」是 kap 雲、霧、鳥 tâng-chê 作伴 ê 所在，mā 是男女主角 tàu 陣生活 ê 所在。所以，chit 段女主角所思念 ê 事物是按尼：
1. 2 千公尺 ê 高山＝雲、霧、鳥
2. 2 千公尺 ê 高山＝住佇山頂 ê 生活
3. 2 千公尺 ê 高山＝Kap 女主角 tâng-chê 住佇山頂 ê 男主角

所有 ê 思念，攏是因為女主角離開山頂 ê it-chhè，來 kàu「都市」。Lán 佇 chit 段內底：佇山頂，所有 ê 事物攏總 kap 做 1 夥，大家和樂融融：「雲」kap lán「相看」（相＝互相，表現出「連結」ê 感覺）；「霧」mā「來靠岸」（台語 ê「來」ū「oah 近講話者」ê 意思）；「鳥隻」（袂）甲 lán 趕」（「趕」chit ê 動詞 ū「hō...離開」ê 意思，m̄-koh，佇 chit ê 動詞頭前 ê 是否定副詞 ê「袂」，變成「無 beh ho...離開」ê 意思）。佇 tē-jī 段內底，原本 tē-it 段連作夥寫 ê「你我」已經變成單獨 ê「我」kap「你」。Tēl 段 ê「你我」連寫，代表 2 ê 個體關係 ê 密切（雖然並無親像「lán」全款 kap 作 1 ê）；佇 chit 段內底，2 ê 代名詞相隔 2 句（chit 段總共 mā-chiah 6 句！），而且「我」所連接 ê 空間是「都市」；「你」卻猶原佇「山頂」。距離感非常明顯。Koh 再講，原本佇山頂 kap 女主角快樂 tàu 陣 ê「雲」、「霧」、「鳥」佇 chit 段內底 mā 攏消失無蹤。原本是 chin 大 ê「綜合體」，kàu tē jī 段 soah ka-nā chhun 女主角 1 ê，莫怪女主角 ài「孤單」、「艱難」。

尾 á 段 ê 後面 2 句，讀者會當看出 tē jī 段 ê 延續：尾 à tē jī 句 ê 代名詞「lán」（kap 頭前講 ê 全款，代表「1 ê 綜合體」）隨時 tiòh hō 人「打散」，變作「1-ê」（作山）、「1-ê」（作苦旦）。

經過頂面 ê 分析，lán 會當看出佇 chit 首詩內底（其實，佇路寒袖大部分 chit 系列 ê 作品內底 mā 全款），「山」所代表 ê，是 1-ê「男主角」、「女主角」、「動物」、「自然現象 ê 產物」攏合作 1 夥 ê 整體。佇 chit ê 整體內底 ū chin 豐富 ê 內涵，符合「天人合 1」ê 道理。「都市」所代表 ê，卻是抽離開「男主角」、「動物」、「自然

現象 ê 產物」，孤單、單 1 內涵 ê「女主角」。藉 tiòh「山」kap「都市」ê 空間對應，劇情佇 chit 系列 ê 作品內底發展、成形。

「Tha-lo-thu——Ma-su-kho-ba 符號學學派」ê 詩學理論其實包羅 chin 闊。佇 chit 篇論文內底 ka-nā 舉 2-ê kap 詩學研究 siōng 有關係，siōng hó 應用佇實務分析頂懸 ê 理論：詩 ê 內涵 kap 意義 ê 產生，以及詩 ê 空間系統，來當作本論文研究 ê 客體。

符號學學派對台灣 ê 文學研究來講，是相對 khah 生份 ê 領域，尤其是「Tha-lo-thu——Ma-su-kho-ha 符號學學派」佇國內 ê 知名度 chin kē。M̄-koh in ê 理論 bat 對西方世界文學理論、文學批評 ê 發展產生重大 ê 影響。值得 lán ê 文學界多多注意。

第 4 章：Bi-na-ku-la-toʿ-hu ê 文學修辭學派

　　Bi-na-ku-la-toʿ-hu （В. Виноградов，維諾格納多夫）(1895-1969) ê 文學研究方法 thàu-lām 文學史研究法[29] kap 一般文學家衹使用 ê 特殊研究法——風格學研究法。也因此形成露西亞 20 世紀文學研究界 1 ê 相當特殊 ê 流派。Chit ê 流派所以特別，是因為 chit 種研究法相當是 khiā 佇語言學 kap 文學 ê 交會地帶，同時要求研究者兼備語言學 kap 文學 ê 能力。有關 chit 點，雖然露西亞 ê 文本中心本底 tiȯh 是 thàu-lām 文學（литературоведение）kap 語言學（лингвистика）ê「語文學」（филология）傳統，但絕對 m̄是所有 ê 學者——甚至只有少數學者——會當兼備良好 ê 文學 kap 語言學研究能力，更加 mài 講是結合 chit 2 種能力--loh。Chit 點 mā 是 Bi-na-ku-latou-hu siōng 厲害 ê 所在：身為 Sia-ho-ma-ta-hu（А. А. Шахматов，沙赫瑪托夫）kap Se-lo-pa（Л. В. Щерба，薛爾巴）等知名語言學家 ê 學生，Bi-na-ku-latou-hu 有豐富 ê 語言學素養(伊佇語言學研究 ê 地位甚至 koh 比文學研究界 koh khah 懸)；另外一方面 Bi-na-ku-la-toʿ-hu 長期 kap 當代 ê 出名詩人有來往。尤其是 kap An-na Ah-ma-ta-ba（Анна Ахматова，安娜・阿赫瑪托娃）——chit 位出色 ê 查某詩人 tiāⁿ-tiāⁿ 會 chhōe Bi-na-ku-la-toʿ-hu 討論家己 tit-beh 出版 ê 作品。大家攏認為 Bi-na-ku-la-toʿ-hu 對 Ah-ma-ta-ba ê 作品有相當 ê 影響力。Bi-na-ku-la-toʿ-hu kap 文學界 ê 頻繁接觸以及伊本身

---

[29] 所謂 ê「文學史研究法」，請參考本冊 ê「序」。

ê 興趣 mā hō͘ Bi-na-ku-latou-hu 對文學研究 ê 方法有深入 ê 了解。所以，結合 chit 2 方面，伊發表濟濟對作家「言語風格」研究 ê 相關論文 kap 專冊。佇 chiah ê 文章內底，以 Phu-si-kin（А. Пушкин，普希金）研究 ê 系列文章《有關普希金 ê 風格》（«О стиле Пушкина», 1934）,《普希金 ê 語言》（«Язык Пушкина», 1935）以及伊主編 ê《普希金辭典》（«Словаря языка Пушкина», 1950）siōng kài 出名[30]。

Bi-na-ku-latou-hu 是相當重要 mā 相當出名 ê 露西亞語文學家。伊有關語言學 kap 文學 ê 研究 chin 濟，hāⁿ 過濟濟 ê 領域。本章因為限制佇「現代詩 ê 分析」，所以 ka-nā 提伊 kap「作家風格」相關 ê 論文、專著，親像 1990 年出版 ê «Язык и стиль русских писателей: от Карамзина до Гоголя», 1971 年 ê «О теории художественной речи», 以及 1963 年出版 ê «Стилистика. Теория поэтической речи, Поэтика» 等等。

第 1 節：Bi-na-ku-la-to͘-hu ê 風格學文學分析法

維納格拉多夫 ê 風格學文學分析法主要有 2 ê 部份：第 1 ê 方向就是用修辭 ê 角度解釋文學史 ê 問題。第 2 ê 方向是 chhōe 出文本內底 ê「作者形象」。Chit 2 ê 部份 kap hit 當時露西亞一般 ê 文學批評方法有 chin 大 ê 差異性，會使講 che 是 khiā 佇文學 kap 語言學交界 ê 方法。除非批評者有 chin 深厚 ê 語言學基礎 kap 文學史

---

[30] Chit 部辭典 siong 代先是佇 1956-1961 年間出版，後來又 koh 加入 1 koa-á 新資料，佇 2000 年出第 2 版「增補版」。

第 4 章：Bi-na-ku-la-toˑ-hu ê 文學修辭學派

知識，若無無法度運用自如。下面 tióh 分別針對 Bi-na-ku-la-toˑ-hu ê chit 2 ê 文學研究 ê 面向做分析 kap 探討。

1. 融合修辭 kap 文學史 ê 方法

20 世紀初、中期露西亞 ê 文學研究界是形式主義（формализм）kap 後來 ê Phu-la-ku 語言學派（Пражский лингвисктический кружок）ê 天下。Chit 2 派反對傳統文學研究界 ka-nā 重視文本 ê 內容，kā 文本所表現出 ê 所謂「道德懸度」看作是文學評論內底 siōng 重要 ê 因素，以及將作者對作品 ê 詮釋看作是「最後 ê 所指」ê 作法，提出「文學是手路 ê 累積」,「結合語言學 kap 文學」ê 文學研究新角度。Chit 款 ê 主流思想，自然也影響 tióh 當時 ê Bi-na-ku-la-toˑ-hu：伊同款贊同「文學 ê 媒介是語言」,「只有了解 kap 分析文學作品內底 ê 語言，chiah 有法度深入體會作品真正 ê 意涵」chit 款 ê 前提。M̄-koh 相對 ê，Bi-na-ku-la-toˑ-hu 也認為形式主義 kap Ia-kha-pu-song（Р. Якобсон，雅可布森）kā「chiaⁿ 作藝術材料 ê 語言 kap chiaⁿ 作經過審美改造 ê 形式、chiaⁿ 作詩歌創作意識載體 ê 語言」hut m̄對去 loh（Виноградов, 1971，tē 4-5 頁）。

事實上，自從瑞士語言學家 Sa-siu-li（Де-Соссюр，索緒爾）提出「言語」(рсчь) kap「語言」(язык) ê 概念 liáu 後，chiaⁿ 作所有語體共同基礎現象 ê「語言」，kap chiaⁿ 作表現 ê 人／族群特殊用語 ê「語言」tióh 有區分 á。Chiaⁿ 作 1 位傑出 ê 語言學理論者──當然，1 方面 mā 是由於 Phu-la-ku 語言學派 tùi「語體風格」（стилистика）概念 ê 論述──Bi-na-ku-la-toˑ-hu 提出除了「語言」kap「言語」兩部分 ê 修辭研究以外，佇文學作品內底 iah koh 有

佇其他語體內底 chin 罕 tit 看會 tioh ê「文學」ê 修辭:「語言」ê 修辭用一般 ê 語言結構做對象,研究 chiaⁿ 作統一體系 ê 語言結構內部各種 ê 語音、詞語,以及語法特色。「言語」修辭學牽涉 tioh ê koh 無仝,有獨白語、對話語、行話,以及各種定語…等等 ê 研究。Bi-na-ku-latou-hu 認爲,「文學」ê 修辭學根基佇頭前 chit 2 種。伊講:「脫離語言修辭學 kap 言語修辭學,有濟濟進入文學修辭領域 ê 語言現象攏無法度得 tioh 科學性 ê 解釋」(Виноградов В., 1981. C. 84.)。對語言 kap 言語 ê 研究,需要深厚 ê 語言學基礎,che 是一般文學研究者所無法度進入 ê 領域。Mā 是因爲一般文學家無充分 ê 語言學知識,in tùi 文學作品內底 ê 許多現象自然 tioh「無法度做科學性 ê 解釋」。

　　另外一方面,文學有伊特殊 ê 目的、特殊 ê 結構 kap 手路。文學 ê 語言 kap 一般日常所使用 ê 語言往往有濟濟 ê cheng 差。進入文學作品──尤其是詩作內底 ê 詞語,必須服從文學 ê 特殊性,所以往往產生 kap 日常使用無仝 ê 意義;日常生活所認爲是「無合邏輯」、「錯誤 ê」語法現象,往往佇文學作品內底 mā 攏會當 chiaⁿ 作「正常 ê」、「有特殊涵義 ê」存在。加上文學作品(以詩作爲主)內底 koh 有韻、格律等等 ê 規範,che 攏會影響 tioh 文學語言 ê 使用,hō͘ 文學語言產生特殊 ê 面貌。所以 Bi-na-ku-la-to͘-hu 認爲佇文學修辭學分析內底,siōng 重要 ê 是找出「佇啥物款條件下面,因爲自身 ê 啥款特點,詞語 chiah 來 chiaⁿ 作審美思維 ê 要素 kap 富於表現力 ê 感情色彩 ê 載體,mā chiah 會當來表現藝術現實 kap 藝術世界」(Виноградов, 1971,tē 4-5 頁)。Chit ê 部份,自

然是文學史家所 khah 專精，一般語言學家相對 khah 欠缺 ê。所以一般語言學家 ka-nā 會當看出文學修辭 ê 特殊性，m̄-koh soah 會對「為啥物會出現 chiah ê 特性」無法度作深入 ê 解釋。

相對形式主義者 kap Ia-kha-pu-song 並無區分「言語」kap「語言」、「文學」修辭 ê 差別，ka-nā 認為詩歌語言是詩歌藝術 ê 材料、形式、內容，研究詩歌語言 tio̍h 是研究文學藝術 chit 款 ê 觀念，Bi-na-ku-la-to͘-hu 會當講是將文學作品 ê 修辭研究向頭前推 sak 1 大步。事實上，Bi-na-ku-la-to͘-hu 佇濟濟 ê 著作內底攏 it-tit 強調：佇任何 ê 文學作品內底攏會有「語言」、「言語」、「文學」三 ê 層次 ê 修辭，chiah ê 修辭互相搭配、互相影響，互相攏有家己 ê 特色。透過對 chit 3 ê 層次 ê 修辭分析，會當清楚看出作品 ê 風格。

Chit 種結合語言學 kap 文學 ê 研究法，具體呈現佇 Bi-na-ku-la-to͘-hu ê 學術著作中 siōng 好 ê 例，tio̍h 是伊有關 Phu-si-kin ê 系列著作：Bi-na-ku-la-to͘-hu 佇《普希金 ê 語言》chit 本冊 ê 第 2 章內底，開始使用修辭學 ê 角度，解釋普希金大量使用「平民」語言（речсвые основы русской народности），反對 18 世紀以 Kha-la-mu-chin（Н. Карамзин，卡拉姆金）為首 ê 詩人 hit 種「大量使用貴族 kap 資產階級圈仔 ê 語彙，hō͘ 作品充滿貴族社會沙龍氣息」ê 文學[31]。另外 1 方面，佇 liáu 後 ê 第 3、4、5 章內底，Bi-na-ku-la-to͘-hu mā 用仝款 ê 角度來解釋 Phu-si-kin 作品內底，西化派（западники）kap 斯拉夫派（славянофилы）2 邊互相角力 ê

---

[31] 請參考 hit 本冊 ê 第 2 章。

問題[32]。

　　全款ê例佇Bi-na-ku-la-toʹ-hu有關Lie-li-man-toʹ-hu（М. Лермонтов，萊蒙托夫）作品ê風格分析內底mā會當看出：Bi-na-ku-la-toʹ-hu用濟濟ê例，親像法語副動詞（деепричастный оборот）ê特殊用法、法式定語（фразеология）親像「молчание смерти」、「дева красоты」…等等kap當時普遍ê露西亞語用法無仝，m̄-koh卻kap法語用法sio-oah甚至全款ê語言運用，說明Lie-li-man-toʹ-hu是按怎kap當時露西亞ê其他浪漫主義詩人全款，受tio̍h法國浪漫主義ê影響（Виноградов, 1990）。

　　像chit款以語言學ê角度解釋kap證明文學史概念ê研究法，是Bi-na-ku-la-toʹ-hu首創，伊用chit款手路，koh為Khu-li-loʹ-hu（И. Крылов，克雷洛夫）、Koʹ-koʹ-li（Н. Гоголь，果戈理）、Ta-su-ta-ie-hu-su-ki（Ф. Достоевский，杜斯妥耶夫斯基）、Ta-lo-su-thoi（Л. Толстой，托爾斯泰）、Ah-ma-ta-ba等，露西亞出名作家ê作品風格做出詳細ê分析，為日後編纂chit ê作家ê辭典立下深厚ê基礎，mā tùi chiah ê分析內底證明chit種研究法ê優越性。

---

[32]「西化派」kap「斯拉夫派」ê互相對抗佇露西亞ê歷史上由來已經chin久。2派ê鬥爭起源佇彼得大帝ê西化政策。Hit當陣露西亞國內分作2派，西化派親歐洲，認為應該全面歐化，亞洲ê傳統ka-nā會替露西亞增加落伍kap無進步；相對ê，「斯拉夫派」認為siuⁿ oah歐洲會hō露西亞ê傳統道德喪失，只有保持露西亞本身ê亞洲傳統道德，chiah是露西亞ê正道。Chit 2派佇露西亞歷史的對抗，mā反映佇濟濟ê露西亞文學作品內底，chiaⁿ作1 ê特別ê題材。

2. 作家風格研究

透過頂面所論述 ê，融合語言學 kap 文學史 ê 方法，Bi-na-ku-la-to͘-hu 建立 liáu 自己特別 ê「作家風格體系研究」路線。身爲 1 ê 語文學家，對作家作品 ê 研究方面，Bi-na-ku-la-to͘-hu 非常重視「文學史方法」——也 tio̍h 是 m̄-nā ka-nā 研究作家 ê 作品本身，mā 會將作品 khǹg 佇整個文學史 ê 架構內底觀察，kā 作品看作是文學史發展過程 ê 1 部份。Bi-na-ku-la-to͘-hu m̄-nā l-kái 強調：「ùi 美學 ê 角度審視作家 ê 作品 kap 全時代人 ê 作品之間 ê 關係 kap in 互相 ê 影響，koh 來 chiah 將 in kap 前輩 ê 作品做比較」ê 重要性，伊認爲 che 會「對未來用科學-歷史 ê 角度來建構（文學）演變 ê 過程」有 chin 大 ê 幫助（Виноградов, 1976，tē 369 頁）。

M̄-koh，Bi-na-ku-la-to͘-hu 理想 ê 研究法 kap 一般文學史研究者 kā 重點 khǹg 佇研究文學作品 ê「內容」、「思想」，ā-是當時露西亞形式主義者專心研究文學作品 ê「手路」無仝，Bi-na-ku-la-to͘-hu 認爲作品所使用 ê「語言」chiah 是 siōng 重要 ê。伊講想 beh 瞭解某 1 ê 時代 ê 詩，「必須 ài 密集探討語言材料佇 chit ê 個別-封閉時代 ê 語言系統內底 ê 使用」開始[33]（Виноградов, 1976，tē 369 頁）。chit 種透過 kap 其他作家 ê 比較，探討某 1 位作家佇作品內底特殊 ê 語言使用 ê 方法，佇語文學上 hông 稱乎作風格學分析法。佇 20 世紀前半葉露西亞 siōng 重要 ê 風格學派領導人就是 Bi-na-ku-la-to͘-hu。後來 ê 科學院院士，也是 20 世紀中、末葉露西亞相當有影響力 ê 文學研究者 Li-ha-chhi o͘-hu（Д. Лихачев，李哈

---

[33] 也 tio̍h 是講，ùi 每 1 ê 單獨作品 ê 語言使用開始。

喬夫）tiȯh 講，對 Bi-na-ku-la-to·-hu 來講，「研究文學語言 tiȯh 等於是研究文學內底 ê 個人風格」（Лихачев，1971，tē 213 頁）。

身為 1 位成功 ê 研究者，Bi-na-ku-la-to·-hu m̄-nā 提出理論，並且佇實務分析頂懸，伊 mā kā 家己 ê 理論作 chin 充分 ê 利用 kap 表現：對於象徵主義、阿克美派 ê 詩人 Ah-ma-ta-ba，Bi-na-ku-la-to·-hu 將對她作品詮釋 ê 重點 khǹg 佇「象徵」(символик и символ)、「對比、明喻及隱喻」(сопоставления, сравнения и метафоры)、「當代 ê 遊戲」(игра времен)、「『帶有情緒色彩（эмоциональные окраски）』ê 語句」chiah ê 部分[34]，比較出 Ah-ma-ta-ba ê 作品佇 chiah ê ê 特色以及受 tiȯh 前輩作家 kap 當代人 ê 影響。M̄-koh tng-tong 佇 leh 分析浪漫主義詩人 Phu-si-kin ê 作品 ê 時陣，Bi-na-ku-la-to·-hu 相對 tiȯh khah 關心平民語言／貴族語言；斯拉夫派／歐化派 ê 比較。

佇研究過濟濟作家無仝風格 ê 作品 liáu 後，Bi-na-ku-la-to·-hu 得 tiȯh 下面 ê 結論：研究文學修辭 ê 目的，佇 leh「用語言修辭學分析作品，進一步呈現文學作品 ê 風格、規律性 kap 方法，確定作家 ê 人風格、文學流派 ê 個性化特徵」(Виноградов, 1963, tē 80 頁)。也就是透過對作家作品 ê 研究，得出作家本身 ā-是 hit ê 流派 kap 其他流派無仝 ê 風格特色。Chiah ê 特色往往是透過作家 ê 用詞表露出來，所以對作品 ê 用語，必須做特別 ê 研究。

佇下一節 lin，lán 就 beh 透過實際 ê 作品分析，來論述 Bi-na-ku-latou-hu ê 理論，並且證明 chit 種研究法應用佇台語現代

---

[34] 請參考：Виноградов В. В. 1976 年 ê «О поэзии Анны Ахматовой»

詩研究頂懸 mā 有全款 ê 實用性。

第 2 節：用 Bi-na-ku-la- to-hu ê 方法分析李勤岸詩作裡 kap「台灣」有關係 ê 隱喻

李勤岸是台灣師範大學台文所 ê 所長，mā 是當代出名 ê 台語詩人，目前為止攏總出版《李勤岸台語詩集》(1995)、《李勤岸台語詩選》(2001)、《Tōa-lâng gín-á si．大人囡仔詩‧Grownups' Children's Poems》(2004)、《Bó-gí ê sim-lêng ke-thng．母語 ê 心靈雞湯‧Chicken Soup of Mother Tongues》(2004)、《Lán lóng sī chōe-jîn．lan2 攏是罪人‧We Are All Sinners》(2004) 等 5 本詩集，另外 koh 有合集《李勤岸文學選》(2004)。下面 tio̍h beh 用李勤岸 1 系列 ê 詩作內底有關台灣 ê 隱喻作例，說明 Bi-na-ku-la-to-hu ê 修辭研究法 beh 按怎能夠運用佇台語現代詩 ê 分析。

Tio̍h 親像頂 1 節所講 ê，佇 Bi-na-ku-la-to-hu ê 研究法內底，包括 tio̍h 文學史研究法——也就是 ài 將文本 kap 其他全／無全時代 ê 文本做比較，chhōe 出時代 ê 意義；另外，Bi-na-ku-latou-hu 也重視詩人語言 ê「特色」。所以以下面 ê 分析 1 方面會提李勤岸 ê 作品拿來 kap 伊自己以及全時代台灣作家 ê 作品比較，chhōe 出 in ê 時代意義；另外一方面 mā 會將重點 khǹg 佇詩人佇語言修辭部份 ê 特色——隱喻 ê 大量運用，chhōe 出李勤岸佇修辭運用上 ê 特色。

海翁宣言（2000.09.04）

阮無愛 koh 新婦仔形

病病 khiā 佇遐

講家己是一條蕃薯

Hō 豬食 koh hō 人嫌

從今以後阮 beh 身軀掠坦橫

做一隻穩穩佇佇 ê 海翁

背向悲情 ê 烏水溝

面向開闊 ê 太平洋

阮小可區疴 ê 形狀

M̄ 是 teh 揹五千年 ê 包袱

是阮 beh kā 家己彎做

希望飽滿 ê 弓

隨時 beh 射出歡喜 ê 泉水

隨時 beh 泅向自由 ê 海洋

當阮 e 生存 hō 人威脅

阮會用阮堅實 ê 身軀

Piaⁿ 向海岸

用阮 ê 性命

見證阮 ê 存在。

　　Chit 首詩 ê 名 tiòh 叫做《海翁宣言》。明白指出詩人用「海翁」（鯨魚）比喻台灣。特別值得提出來講 ê，是 chit 首詩 ê 第 1 段第 3 choah 有講 tiòh「講家己是 1 條蕃薯」。「蕃薯」chiaⁿ 作台灣人自我比喻 ê 形象已經有 chin 久長 ê 歷史 loh。傅月庵佇〈母親的名字

叫台灣!台灣的名字是番薯?〉(傅月庵,2005,tē 46-47頁)chit 篇文章內底 bat 講:

> (20 世紀)80 年代,台灣民主運動風起雲湧,黨外雜誌最常見的一句話是:「番薯不怕落土爛,只要子孫代代湠」。

佇台灣黨外運動風起雲湧 ê 年代,有 2 首歌特別受大家歡迎,逐遍佇遊行 ê 時陣若是放出來,攏會 hō 濟濟 ê 人感動 kah 流目屎。Chit 2 首歌 tiòh 是「黃昏 ê 故鄉」kap「母親 ê 名叫台灣」[35]。佇「母親 ê 名叫台灣」chit 首歌 ê 歌詞內底,tiòh 有 1 句歌詞是「2 千萬粒 ê 番薯仔囝,不敢叫出母親 ê 名」——用「番薯仔囝」比喻台灣人,也就等於用「蕃薯」來比喻台灣。另外,長期關心台語文學發展,會當講是戰後第 1 批投入台語文學小說創作 ê 胡民祥先生佇〈蕃薯發新芛〉(胡民祥,2004,tē 50-51頁)也講:

> 蕃薯落土爛,才會發新芛;蕃薯仔落鄉生根,才會出頭天。蕃薯仔多年來,受著政治霜害,那像是強卜無脈去。鄉親,免驚,伊未死。
>
> 親像凍霜 ê 蕃薯葉,伊攏會發出新芛來。新生當然愛經過

---

[35]「黃昏 ê 故鄉」所以出名,是因為當時有濟濟 ê 海外異議份子/自願流亡海外 ê 台灣人。in 一心一意思念著故鄉台灣,m̄-koh soah 因為政治環境 ê 獨裁無法度轉來台灣。所以文夏演唱 ê「黃昏 ê 故鄉」tiòh 變成 chit 陣人抒發心情 siōng 好 ê 歌曲。

「母親 ê 名叫台灣」是由王文德先生作曲,蔡振南先生演唱。佇 hit ê 袂當稱呼「台灣(文學)」,ka-nā 會當講是「鄉土(文學)」,台獨 hō 政府當作是 kap 共產黨、黨外異議份子全類「三合一敵人」ê 年代,chin 會當表達社會大眾 ê 心情。

一段掙扎、混亂、慘疼腐化 ê 過程。

Bók 怪台語文學研究者丁鳳珍 beh 講「長久以來，台灣人都慣習以番薯稱台灣」（丁鳳珍，2006，tē 13 頁）loh。

李勤岸佇另外一首詩作《茶籃仔貨》內底，除 liáu 用「茶籃」比喻中國以外，全款 mā 用「蕃薯」比喻台灣：「數想有一工／蕃薯 kā 拾起來／用茶籃 té leh／就 beh pû beh 煮據佇伊」。M̄-koh，chit 裡面 ê 蕃薯，除 liáu 外形以外，並無特別 ê 涵義。相比仝時代 ê 詩人林宗源、胡民祥對台灣／蕃薯 ê 比喻意象，kē 減弱袂少，che 或許是因爲李勤岸本人並無 kah 意用番薯比喻台灣 ê 關係？

蕃薯／台灣 chit ê 80 年代台灣人 siōng chiap 用 ê 比喻 kàu 90 年代，因爲海洋文化 ê 呼聲漸漸高漲，漸漸被取代：1996 年台灣佇歷史上頭 1 遍舉辦全民直選總統。Hit 當時民進黨推出 ê 正、副候選人彭明敏、謝長廷 ê 全國競選總部 tiòh 用海翁來做競選 ê 圖騰，代表台灣是海洋性 ê 國家。續落來 koh 由李坤城總策畫，推出 1 片 CD，名 tiòh 叫做《鯨魚的歌聲：海洋國家自由風》。

佇 chit liáu 後，chiaⁿ 作 kap「大陸中國」對立 ê「海洋台灣」漸漸變成「台派」人士、「台派」文人 ê 主流意識。佇陸 ling 生湠、被動 ê 植物「蕃薯」漸漸 hō 生活佇海底，有充分自主權 ê 動物「海翁」取代。陳文瀾佇〈番薯如何變成鯨魚〉chit 篇文章內底，強調台灣是 1 ê 海洋國家，是亞熱帶、東南亞 ê 南島民族系國家；m̄ 是大陸、溫帶、東北亞 ê 國家。伊強調：「台灣 ài ùi 陸生植物番薯進化作海中哺乳類海翁，確立海洋 ê 史觀、世界觀當然是進化 ê 第 1 步（陳文瀾，2003，tē 52-53 頁）」。

佇 chit 種環境 ê 影響之下，李勤岸用「海翁」比喻台灣 ka-nā mā 是理所當然，mā 符合 hit 當陣台灣社會 ê 整體氛圍。事實上，佇 2000 年 ê〈海翁宣言〉以前，佇 1994 年 ê 時李勤岸 tiȯh bat 佇〈鮭魚〉chit 首詩內底，用〈紅鰱魚〉比喻台灣，mā bat 佇 1999 年 ê〈魚若翻身〉裡面，用劍魚／飛魚 ê 形象比喻台灣。Chit 3 首詩內底 ê 隱喻，除了魚 kap 台灣佇外型 ê 相似（隱喻 ê 基礎就是「по сходством——憑藉喻體 kap 喻依 ê 相似性」）之外，李勤岸 ê 魚，無論是「海翁」ā-是「劍魚」，攏想 beh「背向悲情 ê 烏水溝／面向開闊 ê 太平洋」（海翁宣言），koh beh「跳開黑水溝／泅向闊 bóng-bóng ê 太平洋」（魚若翻身）。用臺灣人早期通用 ê 隱喻「烏水溝」來比喻台灣海峽，koh 用海魚佇大洋 lin ê 泅動，比喻台灣脫離中國 ê nǹg 望。像 chit 種「泅開」ê 意象，除了有生命 ê「魚」之外，佇〈Kha-siàu〉chit 首詩內底，李勤岸 mā 用「船」來比喻台灣，用「chit 隻船，駛 hiah-nih 久／駛袂出帆」比喻 it-tit 無法度脫離中國 ê 束縛，航向廣闊世界 ê 台灣。

續落來，佇 chit 首詩 ê 第 2 段第 2 句出現「五千年 ê 包袱」chit ê 借代 ê 手法。Chit ê 借代 ê 手法，也是李勤岸所習慣使用 ê。佇 2003 年 ê〈孽了中國——地球 hō 中國 ê 批〉chit 首詩內底，也出現「做你 ê 老爸五千冬」、「不時都展彼號五千年老鱸鰻 ê 姿勢」chit 款 ê 語詞。用中國五千年 ê 歷史來借代中國本身，是中國 kap 台灣都常用 ê 手法。佇「中華民國頌」chit 首歌 ê 歌詞裡面，tiȯh 有「聳立五千年」chit 款 ê 文句。

同款是佇第 2 段，李勤岸又 koh 用「弓」來 chiaⁿ 作對台灣形

象 ê 另外 1 種隱喻。Chit 種隱喻 kap 魚一樣，攏是照 in 外型 ê sio-oah 來比喻 ê。值得注意 ê，是「弓」並 m̄ 是 ka-nā 對「台灣」ê 隱喻，伊 mā 是對「海翁」ê 比喻。因為續落來 1 句是「隨時 beh 射出歡喜 ê 泉水」——用弓射出箭 ê 來比喻海翁佇換氣 ê 時所噴出 ê 水柱。佇形容泉水 ê 方面，詩人用擬人 ê 形容詞「歡喜 ê」來 si-a-geh「泉水」。Che kap 續落來全款是擬人 ê「自由 ê」「海洋」無論佇詩句 ê 形式 kap 修辭 ê 手路，攏 tú 好有 suh 配。Chit 首詩 ê 尾段，kui 段算是「篇章 ê 隱喻」。已經脫離「詞」ê 範圍，用「鯨魚＝台灣」chit 款 ê 意象來 chiaⁿ 做 kui 段 ê 描述基礎。

Ùi 頂面 ê 分析會當看出，李勤岸佇 chit 首詩所顯現出來 ê 風格特色，tio̍h 是「隱喻」、「借代」等修辭手法 ê 大量運用。其實，若是詳細分析頂面所講 tio̍h hiah ê 有關台灣意象 ê 其他詩作，應該會當發現佇其他 ê 詩作裡 mā 有類似 ê 情形。並且，隨 tio̍h 時代 ê 演進，李勤岸先生對台灣所用 ê 隱喻 mā tuè leh 有所改變：由靜態轉作動態，由被動轉作主動。Che 攏會當反映出無仝時代 ê 台灣人對台灣 chit 塊土地 ê ǹg 望。

Bi-na-ku-la-toʾ-hu ê 分析法有相當 ê 特殊性，運用佇台灣文學 ê 研究頂懸，m̄-nā 會當 chhōe 出詩人習慣使用 ê 特殊語言風格，還 koh 會當配合 chit 種特殊 ê 風格找出時代 ê 意義。會當佇台灣文學 ê 研究頂懸，chiaⁿ 作相當實用 ê 一種分析方法。

第 5 章：Sang-khu-thu Pe-te-lu-pu-lu-ku 詩學中心

佇形式主義受 tiòh 攻擊來沒落以後，雖然泛露西亞 ê 詩學理論研究猶原繼續照原本 ê 步調持續發展，經過 chit-toaⁿ 時間 tiòh 會有新 ê 理論產生。M̄-koh，佇露西亞本土 tùi 詩學研究 ê 熱情袂 sū sió-khóa-á 有降低：佇 20 世紀中期形式主義沒落以後，chiah ê 創立重要、影響世界 ê 新詩學理論、新研究法 ê 核心人物若 m̄ 是外國人（非露西亞人），tiòh 是雖然本底是露西亞人，m̄-koh 當時已經移民 kàu 外國 khì ê 學者（親像 Phu-la-ku 語言學派 kap 結構主義 ê 大將 "Ia-kha-po-sǹg"（Роман Якобсон，雅可布森），文學符號學 ê 重要派別 ê 主導者 Loth-man（Ю. М. Лотман，洛特曼）等等）。

Chit 種情形 it-tit ài kàu 1960 年代 chiah 產生 khah 大 ê 改變：露西亞本土 ê 文學界開始 koh 對詩學研究產生熱情——各種無仝形式 ê 詩學研討會／詩學研究團體開始組織，佇聚會／研討會內底學者、學生 mā 開始發表各類有關詩學研究 ê 論文。雖然目前 iáh 無完整 ê 統計 thang 好顯示 ùi 1980 年代 kàu-taⁿ 有 jōa 濟有關詩學 ê 相關論文、專冊發表，M̄-koh ka-nā 自 1958 kàu 1980 年 ê chit 22 年中間，佇露西亞公開發表 ê 詩學相關論文 tiòh 有 2086 篇[36]。Chiah ê

---

[36] 露西亞 ê 文學界 chin 重視參考文獻，所以差不多 múi-chit-ê 文學 ê 領域攏 ê ū 人做類似「冊目整理」ê khang-khòe。Tiòh-sī kā kap 某 chit ê 主題

論文討論 liáu 各種有關詩學 ê 問題，mā 建立 liáu 袂-chió 詩學研究 ê 新派別。佇 chit ê 詩學研究 ê 風潮內底，佇 1965 年開始無定期聚會 ê 露西亞國家科學院露西亞文學史研究所 ê「IL-LI 詩學研究團體」（стиховедческая группа ИРЛИ（Пушкинский Дом），也 tióh 是國家科學研究院露西亞文學研究所 ê 詩學研究團體 ê 簡稱）kap「Lie-ning-ku-la-toˑ大學」ê 詩學理論講座（ЛГУ-Ленинградский Государственный Университет，列寧格勒大學，chit-má 改名做「Sang-khu-thu Pe-te-lu-pu-lu-ku 大學」（Санкт-Петербургский Государственный Университет，聖彼得堡大學）無疑是 2 ê siōng 重要 ê 核心團體。

佇 chit 2 ê 分別佇研究（露西亞國家科學院）kap 教學（Sang-khu-thu Pe-te-lu-pu-lu-ku 大學）領域 khia 佇國家 siōng 懸地位 ê 中心領導下面，聚集濟濟露西亞──甚至是國外來 ê--學者／研究者，mā hō Sang-khu-thu Pe-te-lu-pu-lu-ku 變作是 20 世紀後半葉全露西亞 ê 詩學研究中心。Chit ê 中心 ê 領導者是 2 位好朋友：Ji-li-mun-su-ki（В. Жирмунский，日爾蒙斯基）kap Hal-se-hu-ni-kho-hu（В. Холшевников，赫爾雪尼科夫）。下面 tióh 分別紹介 Sang-khu-thu Pe-te-lu-pu-lu-ku 詩學中心產生 ê 背景 kap 中心 2 位領

相關 ê 所有論文攏整理、分類起來，hō需要 ê 人 chin 方便 iā chin 簡單 tióh ē-tàng 知影 beh khì tó-ūi chhōe 資料。甚至有 ê khah 出名 ê 作家，家己 tióh ū 2 本以上 ê「冊目整理」。Che 提供研究者 chin 方便 ê 資訊。本文所用 ê 數據 sī 根據文學研究者 Kin-chin（Гиндин С. И.）所做，有關露西亞國內詩學研究 ê「冊目整理」所來。請看：Гиндин С. И.，1978，tē 152-222 頁。

導者 ê 詩學研究理論。

第 1 節：Sang-khu-thu Pe-te-lu-pu-lu-ku 詩學中心產生 ê 背景

露西亞 tùi 18 世紀初期 ê Tho-le-chi-ia-kho-hu-su-ki（Тредьяковский，特列季亞科夫斯基）kap La-ma-no-sa-hu（Ломаносов，羅曼諾索夫）開始，對詩學 ê 研究 it-tit 精進。尤其是 kàu 20 世紀以後，露西亞 ê 詩學研究產大大發展，漸漸產生濟濟影響世界 ê 理論。

20 世紀露西亞 tē 1 ê 重要 ê 理論是形式主義。形式主義 ê 詩學研究者充滿活力，提出濟濟重要 ê 新觀念，親像「文學是技巧 ê 累積」，「生份化 kap 自動化」ê 觀念，「每 1 ê 字母 ê 聲音攏有家己 ê 意義」等等，造成全世界文學理論 ê 大地動，mā 轉變文學研究 ê 方向。關係形式主義理論 ê 說明，佇本冊第 2 章已經有說明，佇 chia tio̍h 無 koh 加講。

M̄-koh，形式主義 ê 主張，iā-tio̍h 是文學研究應該是單純 ê 對「手路」ê 研究，佇當時 mā 引起 chin 濟無全 ê 聲音 kap 無全 ê 看法，chaiah ê 對形式主義 ê 批評，隨 tio̍h 形式主義 ê 聲勢 kap 影響 lú 來 lú 大，iā lú 來 lú 強烈，chiah ê 反對 ê 聲音深深壓迫 tio̍h 形式主義者，形成 1 場 koh 再 1 場 ê 論戰。論戰 ê 結果，形式主義者紛紛改途，曾經佇露西亞 chin chhia-iāⁿ ê 形式主義，tio̍h 按尼退出文學理論 ê 舞台[37]。後來 ê Sang-khu-thu Pe-te-lu-pu-lu-ku 學者 mā

---

[37] 當然，政治力 ê 干涉 chiah 是形式主義佇短時間內 tio̍h 佇露西亞消聲 lia̍p 跡 ê 原因。當時 ê 共黨政權全力推 sak「唯物史觀」。形式主義主張 ê，

清楚了解形式主義 ê 欠點，所以 chit ê 中心 ê 理論，chin 重要 ê 1 部分 tiȯh 是 beh 改良形式主義 ê 欠點，保留形式主義 ê 優點。

形式主義 ê 欠點所在

形式主義用 chit-má ê 科學眼光來看，當然有濟濟 put-chiok ê 所在。Siōng 明顯 iā siōng hō 人批評 ê 是下面幾點：tē 1，形式主義 kā-nā 關心作品 ê 個別「手路」，無注意 tiȯh 作品整體 ê「結構」（iā-tiȯh 是作品 ê「佈局」）。露西亞出名 ê 文學家 Pah-chin（M. Бахтин，巴赫金）佇有關形式主義研究 ê 專著內底 tiȯh bat 講形式主義者自 chit 開始 tiȯh「無關心文學作品本身 ê 結構，in 關心 ê 是 chiaⁿ 作 1 種特別研究對象 ê『文學語言』」，iā 因為按尼，「形式主義者 ê chiah 會 kā 家己 ê 團體號作『詩歌語言研究會』」（Бахтин M.，1993，tē 87 頁）；形式主義者「對研究歌詩 ê 結構、結構 ê 功能、結構內底 ê 單位特色無興趣；in 研究 ê 是歌詩 ê 語言 kap 語言 ê 成分」（Бахтин M.，1993，tē 87 頁）。Nā 是用 ta̍k-kē khah chia̍p 用 ê 比喻來講，tiȯh 是「ka-nā 看 tiȯh 1 欉 1 欉樹仔，soah 忽視 liáu 歸 ê 樹林」。事實上，作品整體 ê 結構攏 tùi 作品 ê 表現有 chin 大 ê 影響，全款 ê 手路 khǹg 佇作品無 kâng ê 位置，效果 mā ē 無全。

Tē 2，形式主義者否認外部 ê 社會因素——iā-tiȯh 是作品產生 ê 背景、作品 ê 意義等等，會當變成文學 ê 內部因素。事實上，

切斷文學研究 kap 歷史、政治 ê 關係 ê 研究法 kap「中央」ê 意見 tú-á-hó 倒 péng,che mā hō 濟濟當時 ê 形式主義者受到露西亞政府 chin 大 ê 壓力。Si-kho-lo͘-hu-su-ki tiȯh hông 調職 koh hông 強逼寫下悔改批，承認家己 chìn-chêng 所寫 ê hiah ê 有關形式主義 ê 文章攏是錯誤 ê。其它 ê 形式主義者 mā 佇政府 ê 壓力之下，放棄 tùi 形式主義 ê 宣傳。

形式主義者無完全否認外部 ê 社會因素 tùi 文學發展 ê 影響，m̄-koh， in 否定外在 ê 因素是文學 ê 本質意義 kap chiah ê 因素會當影響文學內部本性。所以形式主義者主張 kā 作品 ê「內容」kap「形式」分開，並且認為「形式家己 tióh 有意義」，文學家 m̄-bián koh 將注意 khǹg 佇作品 ê「內容」面頂。Chit 種完全 kā 形式 kap 內容切成 2 半 ê 觀念，雖然用佇當時流行 ê「未來派」詩作內底是完全適合 ê，尤其是佇「無意義詩」[38]頂懸。M̄-koh，na-是用來分析其他大部分 ê 詩作，難免有無夠 ê 所在：Phu-la-ku 語言學派 chin 重要 ê 學者 Mu-kha-lo-hu-su-ki（Ян. Мукажовский）佇「Si-kho-lo-hu-su-ki『散文理論』捷克譯本 ê 話頭」內底，tióh 指出「散文理論」ê 作者 Si-kho-lo-hu-ski「ka-nā 關心『組織方法』ê 方法論，soah kā 文學研究 ê 範圍變細--loh」（Мукажовский Ян.，1996，tē 419 頁）。

以現代符號學 ê 觀點，符號 tióh 是 kā「原本無關係」ê 2 種物件連接起來，用其中 1 種去代表另外 1 種。當然，chit 2 種物件原本攏有家己 ê 意符 kap 意指。所以合起來 ê 符號 tióh 有雙重 ê 意符 kap 雙層 ê 意指。形式主義 ê 缺陷，tùi 符號學 ê 觀點來看，是伊 ka-nā 關心結合以後 ê 符號 ê「意符 ê 意符 kap 意指」，完全忽

---

[38] 所謂 ê「無意義詩」，是 20 世紀初期露西亞流行 ê 1 種詩。詩人（有時 mā 有可能是集體創作）kā 浮現佇頭殼內 ê 聲音紀錄落來，chiaⁿ 作 1 首詩。Chiah ê 詩讀起來無連續 ê 意義，ka-nā 是「無實際意義」ê 音節堆積 niā-niā。 Chit 種作品 ê 創作理念，是認為「語音家己 tióh 會當表現濟濟 ê 意義；無全 ê 音會造成無全 ê 感覺」。In ê 觀念 kap 藝術家 Khang-tin-su-ki（В. Кандинский，康定斯基）後期 ê 作品 ê 概念是 chin-sio-siâng--ê。

視結合以後 ê「意指 ê 意符 kap 意指」。所以造成形式主義者 ê 無完整性，iā-是講，形式主義 ka-nā 看 tiȯh chiah ê 符號 ê 1 半 niā-niā[39]。

雖然形式主義有頂面濟濟 ê 欠點，m̄-koh 有 2 項代誌值得注意：tē 1 項 tiȯh 是佇科學 ê 發展過程，袂使用後來 chiah 出現 ê 想法批評以前 ê 想法。因為佇 hit-tong-sî，科學 iah 袂發展 kàu 現在 chit 款地步，hit-tong-chūn-ê 人，mā 無可能有後來 chiah 出現 ê 想法。所以，用現代結構主義 iā 是符號學 ê 觀點來講形式主義 ê 不足，事實上袂減損 tiȯh 形式主義佇現代文學理論 ê 重要性，伊 ka-nā 會當講明文學理論隨 tiȯh 時間來進步 ê 情形。

Tē 2 點 tiȯh 親像 Pah-chin 講 ê，「形式主義雖然已經成為過去，m̄-koh ché 並無代表伊已經完全消失（佇文學界）；tú-á-hó 倒 péng，伊 ê 支持者 ê 數量甚至 lú 來 lú 濟，伊佇追隨者 ê 手頭變 kah lú 來 lú 有系統，lú 來 lú 直接、徹底，lú 來 lú 明確」(Бахтин М., 1993, tē 84 頁)。

---

[39] 所謂 ê「意符」，tiȯh 是表現出來 ê 特徵，「意指」tiȯh 是伊背後 ê 涵義。用「青紅燈」作例，「紅色 ê 電火」tiȯh 是伊 ê 意符；「ài 停落來，袂使得行」tiȯh 是意指。佇面頂 chit ê 情形內底，「文字 ê 外形 kap 音聲」tiȯh 是作品 ê「意符」，文字背後 ê「實際世界 ê 意像」tiȯh 是意指。M̄-koh，文字本身 ê 聲 kap 形本底 tiȯh ē 造成讀者無仝款 ê 感覺，親像「ang」ê 音聽起來 tiȯh 比「u」ê 音 khah 響、khah 快樂。所以文字 ê 外形 kap 音聲，tiȯh 是文字結合以後 ê「意符」ê「意符」；文字 ê 外形 kap 聲音本身帶 hō 讀者 ê 感受，tiȯh 是結合以後 ê「意符」ê「意指」。文字所 beh 表達 ê「現實生活 ê 意像」，tiȯh 是結合以後 ê「意指」ê「意符」；「現實生活 ê 意像」所代表 ê「現實生活本身」，tiȯh 是結合以後 ê「意指」ê「意指」。形式主義 ka-nā 關心「文字 ê 外形 kap 聲音」，以及「chiah ê 外形、聲音 hō 讀者 ê 感受」niā-niā。In 無注意 tiȯh 作品 ê 另外 1 面，所以 chiah ē 形式主義者 ka-nā 關心符號 ê「一半」，毋是全部。

後來，Sang-khu-thu Pe-te-lu-pu-lu-ku 詩學中心 ê 中心學者 Ji-li-mun-su-ki kap Hal-se-hu-ni-kho-hu，tio̍h 分別 tùi「格律 kap 內容」、「韻腳 kap 內容」、「抒情詩 ê 種種手路 kap 內容 ê 關係」、「抒情詩 ê 結構」chit kúi 方面，改善形式主義 ê 理論，而且得 tio̍h chin 好 ê 效果。

第 2 節：Ji-li-mun-su-ki ê 詩學理論

Ji-li-mun-su-ki 是露西亞 20 世紀 siōng 重要 ê 詩人之 it。伊 ê 詩歌研究開始佇 20 世紀初期[40]。Hit 當時 ê 露西亞文壇正是形式主義已經 leh kiaⁿ lo-kia̍h，m̄-koh 暫時 iah 無其它其它重量級文學流派會當取代伊 ê 時陣。佇 chit-ê 世代轉換 ê 時代，Ji-li-mun-su-ki 以伊 ê 博學 kap 人脈[41]，以及伊對詩學利利 ê 眼光，m̄-nā hō͘ Sang-khu-thu Pe-te-lu-pu-lu-ku 佇形式主義 ê ОПОЯз 以後，koh 再 1 擺 chiaⁿ 作露西亞 ê 詩學中心，mā 將露西亞詩學 ê 進展向前推 sak 1 大步。伊 ê 詩學研究成果雖然發表 ê 時間離現代有 chit-sut-á 距離，m̄-koh 內底有濟濟 ê 部分是 it-tit kàu chit-má iah-koh hō͘ 當今 ê 詩學理論界認為是非常重要、非常有意義 ê。對 Ji-li-mun-su-ki chit ê 文學家兼語

---

[40] Ji-li-mun-su-ki 佇 1912 年進入 Sang-khu-thu Pe-te-lu-pu-lu-ku 大學（СпбГУ，聖彼得堡大學）語文學系擔任副教授。伊第 1 篇公開發表 ê 詩學論文是 1916 年 ê「Hō͘ 人克服 ê 象徵主義」（Преодолевшие символизм）（Жирмунский, 1916）。

[41] Ji-li-mun-su-ki kap 許多當代詩人都有深厚 ê 交情，親像出名 ê 詩人 Pu-lo͘-khu（А. Блок，布洛克）、Ah-ma-ta-ba、Pu-liu-so͘-hu（В. Брюсов，布留索夫）、Mang-te-si-tan（О. Мандельштам，孟德斯坦）等等，都 put 時會 kap Ji-li-mun-su-ki 做伙討論詩歌問題。

言學家，露西亞文學 kap 德國文學、突厥文學 ê 研究者，露西亞科學院院士；德國科學院（1956），不列顛科學院（1962），丹麥科學院（1956），巴伐利亞科學院（1970）ê 同院士，後來 ê 研究者是按尼評價 ê：「科學 it-tit 向前推 sak。新 ê 研究 ē 超越舊 ê 研究，hō͘ 舊 ê 研究變作歷史 ê 遺蹟。M̄-koh，有 1 種研究 ê 重要性 m̄-nā 袂因為時間 ê 經過來退流行，顛倒會變 kah lú 來 lú 清楚＜i＞因為 chit 種研究 ê 對象是學科 siōng 中心 ê 理論 kap 學科佇歷史發展頂面 siōng 主要 ê 規則。Ji-li-mun-su-ki ê 著作，絕對無任何疑問，是屬佇這類 ê 研究」（Холшевников В., 1975，tē 643 頁）。

　　Ji-li-mun-su-ki 佇久長 ê 時間內底，it-tit 佇 Sang-khu-thu Pe-te-lu-pu-lu-ku 大學教詩學理論 ê 相關課程，並且 it-tit 持續將自身多年 ê 教學、研究經驗，分批出版。自 1921 年 ê《抒情詩 ê 情節》（«Композиция лирических стихотворений»）kap 1923 年 ê《詩韻 ê 歷史 kap 理論》（«Рифма, ее история и теория»）開始，it-tit kàu 後期 ê《文藝學概論》（«Введение в литературоведение»）（1996），每 1 本著作 lóng 造成 chin 大 ê 轟動，mā 讓 chin 濟語文學系選作專業科目 ê 教材、參考書。佇 Ji-li-mun-su-ki ê 研究中，伊 m̄-nā 對露西亞抒情詩 ê 歷史演變脈絡有非常清楚 ê 理解與認識，也藉著家己外語系 ê 背景 kap 優良 ê 外語能力、周遊列國講學 ê 經驗，將露西亞 ê 抒情詩 kap 歐洲其他國家 ê 無仝抒情詩作詳細 ê 比較。可以說佇 Ji-li-mun-su-ki ê 作品中，m̄-nā 有「歷時性」ê 研究，也有「共時性」ê 比較。

　　Ji-li-mun-su-ki ê 文學研究相關著作非常多，m̄-koh 因為本冊是

以配合台語詩研究為主 ê 目的,將以 1975 年 ê《詩學理論》(«Теория стиха») kap 1977 年 ê《文學理論・詩學・修辭學》(«Теория литературы. Поэтика, Стилистика»)chia^n 作探討 ê 範圍。

Ji-li-mun-su-ki ê 詩學研究經歷一段長久 ê 時間,所以伊 ê 詩學方法 thàu-lām 形式主義、比較文學、文學史等種種 ê 方法,另外加上自己本身特別 ê 研究成果。Ji-li-mun-su-ki 將這些種種 ê 方法結合成非常全面性 ê 詩學觀。Lán 會當講 Ji-li-mun-su-ki kap sio-khóa-á khah 少年 tām--pô-á ê Hal-se-hu-ni-kho-hu 2 ê 人合力完成 Sang-khu-thu Pe-te-lu-pu-lu-ku 20 世紀詩學研究 ê 整合,將露西亞 ê 詩學研究提升到另外 1 ê 新 ê 階段。綜觀 Ji-li-mun-su-ki ê 詩學研究,本章認為比較重要 koh khah 可能運用佇台語詩研究頂懸 ê 有下面幾項:

Thàu-lām 語言學 kap 文學史 ê 方法

Ji-li-mun-su-ki 開始進入詩學研究 ê 領域 ê 時陣,tú-tú-á 是「形式主義」佇露西亞文學界發展 chin ka-iảh ê 時代。形式主義者反對佇文學分析裡採用哲學、歷史、政治學…等等 ê 方法。In 認為傳統 ê 文學研究加入 siu^n 濟無相關 ê 學科,「就親像有 1 種警察,伊 put-kò 是想 beh 掠某 1 ê 人,soah kā kui 厝間所有 ê 人 kap 所有 tú 好經過附近街路 ê 人,無分大細攏掠掠起來」(Якобсон Р. О., 1987,tē 89 頁)。按尼,文學 tiòh 變作啥物攏有,啥物攏包 ê 雜菜麵,kap 其他 ê 學科 tiòh 無啥物分別 kap 界線。針對 chit ê 問題,形式主義者提出「詩是語言 ê 藝術」chit 種觀念。In 反對早期以 Pa-te-pu-nia(А. Потебня,波特別納)為首,講「詩是形象 ê 藝

術」ê 講法。形式主義者認為，詩內底 ê 形象 m̄是現實 ê 形象，in put-kò 是「語言」ê 形象。詩 kap 音樂、圖畫等其它藝術種類 siōng 大 ê 無仝是佇「媒介」頂面――詩 ê 媒介是語言，kap 以色彩 kap 線條為媒介 ê 圖畫，以及音符 kap 旋律為媒介 ê 音樂無仝。所以詩 ê 研究，就是對詩 ê 語言 ê 研究。

受到形式主義對語言學重視 ê 影響，Ji-li-mun-su-ki bat 佇伊 1919 年發表 ê《詩學 ê 任務》(«Задачи поэтика») chit 篇文章內底，指出詩 ê 語言 kap 日常語言 ê 差別是佇語音組織 kap 語意因素[42]作用 ê 比例無仝――佇詩 ê 語言內底，語音組織 ê 作用比語意因素來得大；佇日常語言內底，顛倒是語意因素比語音組織 koh-khah 重要。「詩 ê 語言內底 ê 每 1 ê 語音，對藝術家來說都 m̄是無意義 ê」(Жирмунский В. М., 1977，tē 25 頁)。chit 種觀念 kap Ia-kha-pu-song (Р. Якобсон) 所講，「詩歌其中 1 ê chin 明顯 ê 特色就是詩歌裏面 ê 語詞是 chiaⁿ 作語詞 hō (讀者／聽者) 認知 ê，m̄是 chiaⁿ 作所指對象 ê 代表或是感情 ê 表現」(Р. Якобсон, 1975，tē 202 頁) 意思 chin sio-oah，mā chin 有法度代表 hit 當時露西亞文學界主流 ê 想法。

就因為 Ji-li-mun-su-ki 認知 tio̍h 佇抒情詩裡面，詞 kap 詞 ê 排列、詞 ê 意義，詞 ê 外部 kap 內部結構攏有本身 ê 份量 kap 價值，所以伊出版 3 本研究抒情詩語言形式 ê 著作：《抒情詩 ê 結構》(«Композиция лирических стихотворений», 1921)，《韻 ê 歷史 kap 理論》(«Рифма. Ее история и теория», 1923)，《(詩歌) 格律

---

[42] Chit ê 所在 Ji-li-mun-su-ki 所說 ê 語意因素，應該是指詩內底每 1 ê 詞佇「字面上」ê 意思。

導論‧詩學理論》(«Введение в метрику. Теория стиха»,1925)專門探討詩佇 chiah ê 方面 ê 特性。Ji-li-mun-su-ki kàu 晚年猶原認為 chit 3 著作佇詩學研究頂面有大大 ê 重要性,所以佇 1975 年將它們共同收錄佇《詩學理論》(«Теория стиха») chit 本冊內面重新出版。

有個非常趣味 ê 現象,就是雖然早期 ê Ji-li-mun-su-ki 確實 bat 加入形式主義 ê 團體 ОПОЯз,chit 3 本研究詩學 ê 著作 mā 的確是受 tiòh 形式主義 ê 影響來寫作 ê,m̄-koh chiaⁿ 作 1 ê it-tit 追求進步 ê 文學理論家,Ji-li-mun-su-ki kap 伊早期 ê 形式主義友志,親像 Tha-ma-se-hu-su-ki(Томашевский,湯瑪雪夫斯基),Ti-nia-nọ-hu(Ю. Тынянов,第亞諾夫)一樣,chin 緊 tiòh 放棄純粹 ê 形式主義方法,採用更加全面 ê 方法來分析詩作。

Hal-se-hu-ni-kho-hu 後來是按尼評論 chit 3 本詩學著作 ê:「佇研究詩歌作品底層 ê 元素(格律,語音,結構)ê 同時」,Ji-li-mun-su-ki「it-tit 注意 ài 將 chiah ê 元素 ê 形式 kap 詩 ê「內容」結合起來」,而且 Ji-li-mun-su-ki ê 研究 1 方面使用語言學方法,另外 1 方面 soah mā 使用 tiòh 文學史 ê 知識。利用語言學 kap 文學史雙重 ê 知識來探討形式 kap 內容 ê 關聯性。所以 tng-tong 形式主義 hō͘人批判、沒落 ê 時陣,Ji-li-mun-su-ki soah hō͘人講是「佇 chit ê 所在並無啥物形式主義者 ê 問題」(Холшевников,1975,tē 644 頁)。Ji-li-mun-su-ki 後來根據 chit 3 本著作 ê 內容 koh 再補充、修正 ê 文學理論教科書《文藝學概論:授課教材》(«Введение в литературоведение: Курс лекций»,1996),kàu taⁿ 猶原是濟濟露西亞大學文學相關系所 ê

指定教科書 iā 是參考冊。

以下就針對 Ji-li-mun-su-ki 所提出，有關抒情詩分析中，「格律 kap 內容」、「聲韻 kap 內容」ê 部份做說明。

1. 格律 kap 內容 ê 關係

Ji-li-mun-su-ki tùi 格律 ê 問題非常重視。伊 bat 提出「詩學理論 siōng 主要 ê 問題（⋯）tiȯh 是格律 kap 節奏 ê 對立問題」（Жирмунский, 1975，tē 6 頁）。m̄-koh，佇探討 chit ê 問題 chìn-chêng，頭先 ài 對 Ji-li-mun-su-ki 所講 ê「格律」是啥物做說明：

世界大部分國家 ê 古典詩佇歷史上攏 bat 有某 1 ê「格律」hông 看作是詩 ê「主導要素」ê 時期──也就是說，nā 是 1 首「作品」無符合當時 ê「格律」，tiȯh 算講伊有押韻，用 ê 語言 mā 是「詩 ê 語言」，其他要素 mā 攏完全符合規定，chit 首作品 iah 是袂 hō 當時 ê 人看作是 1 首「詩」[43]。

Tiȯh 算大部分國家攏有所謂「詩 ê 格律」，m̄-koh 因為各國語言 ê 差異，「格律」ê 計算方法 mā 無仝。大體來講，khah chiȧp tú-tiȯh ê 格律計算法有以下 3 種：重音詩（тонический стих），音節詩（силлабический стих），詞數詩（иероглифический стих）。

頭先是重音詩：有 ê 國家／民族 ê 文字，重音 kap 輕音 ê 分別非常大，甚至 sio 仝拼寫法 ê 詞，隨 tiȯh 重音 ê 無仝，意思 mā 會改變，形成 2 ê 無仝 ê 詞，親像英文，露西亞文，德文等等。佇 chiah ê 所在，詩 ê 格律是由 1 chȯah 詩裡底 ê 重音節數量來決定。

---

[43] 有關「主導要素」，詳細請參考何信翰（2006）。

也 tiȯh 是講佇 chit 種詩裡面，每 1 chȯah ê 重音節數量 ài 仝款，輕音節 ê 數量 tiȯh 無限制，會當仝款，會當無仝款。Chit 種詩 lán tiȯh 稱呼伊作「輕重音詩」。

仝款是輕重音詩，隨著嚴格度 ê 無仝，又 koh 分作下面 kúi 類：siōng 自由 ê 輕重音詩，叫作「重音律詩」。Chit 種詩 ka-nā 要求每 1 chȯah 詩 ê 重音節數仝款，每 1 ê 重音節 kap 重音節中 hng 有 kúi ê 輕音節，數量 kám 有仝款，攏無 it-tēng ê 限制。

若是 kā 重音節用「－」來表示；輕音節用「ᴗ」來表示 ê 話，「重音律詩」會當是下面按尼 ê 形式（當然，mā 會當是別款形式，下面 ê 圖 kā-nā 是為 tiȯh hō 讀者方便了解所做 ê 例）：

－ ᴗ － ᴗ ᴗ ᴗ － ᴗ ᴗ

ᴗ － － ᴗ ᴗ － ᴗ

佇上面 chit 2 句模擬 ê 格律中，兩句 ê 中間除開每 1 句攏有 3 ê 重音以外，並無啥物共同 ê 所再。甚至仝 1 chȯah 詩裡面，重音節之間 ê 輕音節數目 mā 無 sio 仝。總是 tùi 重音律詩來講，格律 ê 計算 ka-nā 是根據每 1 chȯah ê 重音數目 niâ-niâ。

Siōng 嚴格 ê 輕重音詩，號作「音節——輕重音詩」。伊 m̄-nā 要求每 1 chȯah ê 重音節數目仝款，甚至連輕音節數以及 2 ê 相 oah ê 重音節中間 ê 輕音節數攏 ài 仝款。比如講親像下面 ê 圖按尼：

－ ᴗ － ᴗ － ᴗ － ᴗ －

－ ᴗ － ᴗ － ᴗ － ᴗ －

Lán ùi 頂面 ê 圖會當看到：m̄-nā 2 choah ê 格式完全全款，甚至每 1 choah 本身重音節 ê 數量以及相òah ê 2 ê 重音節之間輕音節 ê 數量 mā 攏是完全全款。Che tioh 是「音節－輕重音詩」。

　　當然，佇輕重音詩 ê 家族裡面，佇最自由 ê「重音律詩」kap siōng 嚴格 ê「音節－輕重音詩」中間，iah 有系列 ê 中 hng 節奏會當 hō͘ 詩人自由選擇、運用。

　　Koh 來是音節詩：有 1-kóa-á 國家／民族 ê 文字，重音永遠佇固定 ê 所在（親像佇法文裡面，重音永遠佇最後 1 ê 音節；或是佇波蘭文內底，重音永遠佇尾仔第 jī ê 音節），所以重音 kap 非重音之間 ê 差別不大。佇 chit 款文字裡面，格律 ê 算法，就是每 1 choah ê 音節數 ài 全款。親像講佇波蘭文 ê 詩內面，有 1 種叫做「13 音步」ê 詩。也 tioh 是講，每 1 choah 詩攏是由 13 ê 音節組成。法文傳統 ê 格律是 12 音節。也 tioh 是每 1 ê 詩 choah 攏 ài 由 12 ê 音節組成，袂當濟也袂當少。

　　總是人 ê 聽覺是有限 ê，佇音節詩裡面，設使 1 choah 詩 siuⁿ 長，讀者就無法度感覺到伊 ê 節拍。所以，佇讀長詩 ê 過程中，tiāⁿ-tiāⁿ 會出現所謂 ê「停頓」。比如講佇讀傳統 ê 波蘭文 13 音節詩 ê 時陣，會佇第 7 ê 音節後面 sio-khóa-á 作停頓；也就是講 kā 1 choah 詩分作 7 ê 音節 kap 六個音節 2 部分。讀傳統 ê 法文詩 ê 時陣，設使是 12 ê 音節作 1 choah，就佇第 6 ê 音節後面停頓，也就是講 kā 1 choah 詩對半拆，分作 2 ê 6 音節 ê 部分。

　　最後 1 種是字數詩：字數詩對歐洲 ê 文學理論家來講，是相當頭痛甚至全然生份 ê。M̄-koh tùi 濟濟 ê 東亞國家 ê 文學理論家

來講，是非常熟悉 ê--雖然 tùi chiah ê 文學理論家來講，頂面所講 ê 音節詩 kap 重音詩可能是全然生份 ê。因為 chit 種詩 ka-nā 會產生佇「1字1音節」ê 文字——親像中文、台語、客語、越南文、傳統 ê 日文 kap 傳統 ê 韓文——內底。Chiah ê 語言佇歷史頂頭攏受過中國「直接」ā 是「文化」上 ê 移民，因此深深受 tiòh 中國象形文字 ê 影響。象形文字 kap 歐洲 ê 拉丁羅馬文字無仝，是 ùi「1 ê 詞=1 ê 字=1 ê 音節」發展出來 ê。所以對 chit 種文字來講，重音是無意義 ê——因為佇 chiah ê 語言 ê 使用內底，並無 tó-1 ê 音節 it-tēng ài 特別唸 kah 重／khah 久。也就是講，佇 chit 種文字中並無「重音」ê 存在。

　　反倒 tńg-lâi 講，若講 chit 種文字適合所謂「音節」詩，初初看 tiòh 袂 su chin 有道理：chiah ê 國家 ê 詩大部分攏是用「字」來作格律 ê 計算單位，ah 1 ê 字 tú-á 好正正是 1 ê 音節！所以中國 ê 「5言詩」、「7言詩」正是「5音節」詩 kap「7音節」詩？Kám 無 kap 波蘭 ê 13音節詩，法國 ê 12音節詩全款？

　　其實，若是詳細閱讀東亞 chiah ê 國家 ê 詩，便會當發現詩內面除 liáu chin 少數 ê 例外，普遍使用 ê 詞都是「1 ê 字=1 ê 詞」。也 tiòh 是講「7言詩」內底每 1 chōah 詩 ê 組成，並 m̄ 是單純 ê「7音節」niâ-niâ，甚至大部分攏是「7個詞」1 chōah ê 詩。這 kap 歐洲文字「雙音節」／「多音節」詞 ê 組成有大大 ê 無仝。以詩來講，Chiah ê 東亞國家詩 ê 格律計算單位絕對 m̄ 是單純 ê「音節」數量，顛倒是「詞」ê 數量。對 chit 種類型 ê 詩來講，「詞」ê 數量 chiah 是 in 計算 ê 主要單位，「音節數」put-kò 是「tú-á 好」符合 niâ-niâ。

Chit 種類型 ê 詩 kap 歐洲 ê「音節詩」有 chin 大 ê 差別。所以絕對袂當講是「音節」詩。佇世界各國 ê 文學界內底 iah 袂 ūi chit 款格律 chhōe-tio̍h 適合 ê 稱呼，所以姑且會當號作「詞數詩」。

Taⁿ 已經解釋啥物是 Ji-li-mun-su-ki 所講 ê 格律，tio̍h 會當 koh tńg-lâi Ji-li-mun-su-ki 所講「詩學理論 siōng 主要 ê 問題（…）就是格律 kap 節奏 ê 對立問題」。Ji-li-mun-su-ki 用 chin 多時間寫了濟濟 ê 文章 beh 來證明佇閱讀 1 首詩 ê 時陣，事實上讀者並 m̄ 是按照標準 ê「格律」去念這首詩。就像佇 leh 念露西亞傳統「音節——重音詩」ê「抑揚格」[44] 詩 ê 時陣，讀者並袂 1-kē-1 懸、1-kē-1 懸按尼念。Mā 無 it-tēng ài kui 首詩攏 it-teng 由平均 2 ê 音節 ê 詞組成[45]。Ji-li-mun-su-ki 提出「節奏」ê 概念。講 1 首詩佇實際上並 m̄ 是根據伊 ê「格律」來 hông 閱讀，是根據伊 ê「節奏」。節奏 tio̍h 是「由語言材料 ê 自然屬性 kap 理想 ê 預設格律中 hng 相互作用 ê 結果所產生 ê 現實」交替而成 ê（Жирмунский，1975，tē 6 頁）。雖然 Ji-li-mun-su-ki 研究 ê 對象主要是古典詩。古典詩 ê 創作必須符合 it-tēng ê「格律」，m̄-koh Ji-li-mun-su-ki 有興趣 ê，並 m̄ 是死 ê 格律，顛倒是「實際上念起來」是按怎，chiah 是伊關心 ê 重點。畢竟語言是活 ê，佇使用 ê 時本底 tio̍h 會按照本身 ê「自然屬性」產生變

---

[44] 音節--重音詩 ê 一種，是由非重音-重音間隔交替而成 ê 詩。是露西亞 18 世紀、19 世紀 chiàp 用 ê 格律。

[45] 露西亞語 ê 每 1 ê 詞 it-tēng ài 有 1 ê 重音，所以若是每 2 ê 音節 tio̍h ài 出現 1 ê 重音，那 tio̍h 是講詩內面全部 ê 詞攏 ài 是 1～3 ê 音節。而且 nā 是 chìn 前 1 ê 詞是單音節詞，後面 hit ê 詞 tio̍h 袂當 koh 是單音節詞。無 tio̍h 無法度出現重音 kap 非重音 ê 交替。

化。使用佇詩 ê 語言，無仝 ê 詞／無仝詞 ê 配合自然會產生無仝 ê 內在節奏，chit 種內在節奏 m̄ 是所謂 ê「理想中 ê 格式」（格律）所會當限制 ê。所以 Ji-li-mun-su-ki 認為雖然詩 ê 格律種類有限，M̄-koh 因為語言本身 ê 特性，自然佇詩內面會產生濟濟無仝 ê 變化。

另外，Ji-li-mun-su-ki 對「格律」kap 無仝格律所表現出來無仝 ê「感覺」mā 落 chin 濟工夫。伊講「抑揚格」khah 適合抒情 ê 作品，「揚抑格」khah 適合激烈 ê 頌歌。Lú 長 ê 格律，親像「抑抑揚格」iā 是「抑抑抑揚格」，節奏 lú 慢。Chiah ê 攏會當證明 Ji-li-mun-su-ki tùi 語言本身 ê 節奏 kap 格律會當 hō͘ 人 ê 感覺非常重視。

使用佇台語現代詩 ê 分析頂懸，雖罔露西亞詩 ê 傳統格律是「重音詩」[46] ê 格律，台語詩是「詞數詩」，m̄-koh「1 ê 格律裡面音節 ê 數量會影響詩 ê 節奏」chit ê 觀念，soah 是會當提來佇分析台語詩 ê 時陣使用 ê——也 tio̍h 是講 tng-tong 當 1 chōah 詩內底 ê 字數 lú 濟，節奏 lú 慢；顛倒來講，詩行裡面 ê 字數 lú 少，節奏 tio̍h lú 緊；以及「語言 ê 節奏」會影響詩 ê 格律 chit ê 觀念，mā 會當當作分析台語詩 ê 重要參考。

2. 聲韻 kap 內容 ê 關係

早期 ê 未來主義者認為每 1 ê 語音攏有自己本身特殊 ê 意義。所以佇 in ê 宣言內底，提出露西亞語「Весна」（春天）chit ê 詞裡

---

[46] 事實上，早期 ê 俄文詩因為受到國外 ê 影響，是屬於「音節詩」ê 格律，但因俄語本身 ê 特性，很快就改回「重音詩」ê 格律。

面「ùi「c」chit ê 字母 ê 音,讀者會當感受 tiòh 日頭 chin mé ê 印象;字母「a」——長久以來 ê 期望總算是實現 ê 感覺」(Мясников A., 1975, tē 67 頁)。chit 種解釋方法雖罔佇某 1-kóa 時陣聽起來袂 su 是有 chit 回事,mā chin 有道理。m̄-koh chit 種詮釋當然是主觀、無科學性 ê。

後來 ê 研究者 Ti-nia-no-hu 佇經過 tùi 大量文本 ê 分析之後,得出「詩歌韻律會影響單詞 ê 詞意,並且會 hō 詞意增加／轉變」chit 種結論。伊講佇抒情詩裡面「單詞並無固定 ê 意義。伊是變色龍。佇伊 ê 身軀頂懸每 1 擺攏會出現各種 chin 細微 ê 差別,有 tang 時 á 甚至 koh 會出現無仝 ê 色彩」(Тынянов, 1965, tē 77 頁)。

Ji-li-mun-su-ki 繼承 chit 種觀點,進 1 步指出韻腳 m̄-nā 會當製造聲音 ê 和諧,伊 kap 作品整體 ê 意義也有複雜 ê 關係。佇《韻 ê 歷史 kap 理論》chit 篇文章內底,Ji-li-mun-su-ki 利用比較文學 kap 文學史 ê 方法,向讀者展現佇無仝體裁、無仝風格 ê 作品內底,「韻」無仝 ê 功能 kap 意義。伊認為詩歌語言 ê 藝術是 ùi「母音 kap 子音 ê 特別選擇、配置」來 ê。無仝 ê 母音 kap 子音,以及無仝 ê 語音搭配,就會當產生詩中多元 ê 意義 kap 感情。

佇詩 ê 語音內底,Ji-li-mun-su-ki siōng 重視 ê 部份是韻腳。佇伊 ê 著作《A-li-kho-san-to-la Pu-lo-khu ê 詩》(«Поэзия Александра Блока»)chit 篇文章內底,Ji-li-mun-su-ki tùi 韻腳作 liáu 以下 ê 定義:「韻腳 tiòh 是佇有相仝格律 ê 2 ê 部分(詩 choah、半 choah、段落…等等)結束 ê 地方,重複出現仝款 ê 語音。韻腳擔負組成詩 ê 段落 ê 結構功能」(Жирмунский, 1922, tē 91 頁)。佇 chit 篇文章內面,

Ji-li-mun-su-ki 特別重視韻腳「組成詩 ê 段落」ê 結構功能。伊強調韻腳會當「分別詩 ê 段落」（尤其是用聽 ê，m̄ 是用看 ê 時陣：聽 ê 人聽 tiòh 押韻 ê 地方，tiòh 會當知影 che 是某 1 ê 詩 chòah／段落 ê 結束），而且會當「將詩連結作 1 ê 整體」（用押韻來連結 chiah ê「m̄ 是連寫」ê 段落[47]）。

Ji-li-mun-su-ki ê 研究注重佇詩 ê 格律 kap 聲韻等等詩 ê「工具」ê 部分。Tng-tong chiah ê 工具研究徹底以後，續落來 ê Hal-se-hu-ni-kho-hu tiòh 開始 tùi 抒情詩 kap 整體性、全面性 ê 部分提出見解。

第 3 節：Hal-se-hu-ni-kho-hu ê 詩學理論

另外 1 ê Sang-khu-thu Pe-te-lu-pu-lu-ku 詩學中心 ê 領導者是 Hal-se-hu-ni-kho-hu（Владислав Евгеньевич Холшевников，赫爾雪尼科夫）。Hal-se-hu-ni-kho-hu tùi hit 當時露西亞詩學界 ê tē-it ê 重大 ê 貢獻，tiòh 是伊佇家己精心完成 ê 教科書 kap 補充教材[48]內底，m̄-nā 是完成露西亞詩學佇 19、20 chit 2 世紀 ê 重要理論總結 kap 系統化 ê 整理，koh 討論 tiòh chin 濟爭議性 ê 詩學問題，對 chiah ê

---

[47] 散文是將作品 ùi 1 chòah ê 開始寫 kàu 結尾，續落來 koh 再 chiap 後 1 chòah ê 開始；m̄-koh 詩並 m̄ 是按尼。詩並無寫 kàu 1 chòah 結束 tiòh 直接換後 1 chòah-- loh。所以需要靠格律 kap 押韻 ê 方式來強調 kui 首詩是 1 ê 整體。
[48] Холшевников, 1962; 1972; 1983; 1987; 1996; 2002。當時佇 Sang-khu-thu Pe-te-lu-pu-lu-ku 大學、Pe-te-lu-pu-lu-ku 師範大學（聖彼得堡師範大學），以及濟濟當時露西亞以研究詩歌理論出名 ê 大學文學系攏將 chiah ê 冊當作指定教材／參考冊，tiòh 算 kàu 今仔日，chiah ê 冊猶原普遍使用佇各大學文學系所。

問題提出 chin 完整 ê 答案。所以露西亞 20 世紀中期出名 ê 文學研究者 Pu-hal-khi-ni（П. Е. Бухаркиный，布哈爾金尼）佇講 tioh Hal-se-hu-ni-kho-hu ê 教科書「詩學論要：露西亞 ê 詩學理論」[49] ê 時陣，表現 liáu 對作者無比 ê 推崇，講 Hal-se-hu-ni-kho-hu「因為家己有關抒情詩結構 ê 專冊」ê 重要貢獻，「會當講是 chit-ê 開始用學術性 ê 方法探討詩學 ê 英雄時代 ê 總結 kap 完成者」（Бухаркин П. Е., Гринбаум О. Н.，2001，tē 251 頁。）。Iā-tióh 是講，佇 Hal-se-hu-ni-kho-hu ê 教科書內底，有露西亞 kàu 20 世紀 ê 80 年代為止所有詩學 ê 重要理論。所以 it-tit kàu 21 世紀 ê chit-má，iáu ū chin-che 大學，指定用 Hal-se-hu-ni-kho-hu 所寫 ê 教科書，chiaⁿ-chò in-ê 文學理論指定教材 iā-是指定閱讀 ê 教材。

　　Hal-se-hu-ni-kho-hu 對詩學 ê 另外 1 ê 重大貢獻，是伊創立並 chhiáⁿ 領導「IL-LI 詩學研究團體」（стиховедческая группа ИРЛИ（Пушкинский Дом））。若是講將詩學理論佇大學普及，hō 濟濟大學生產生興趣，並且 hō chiah ê 大學生佇畢業以後紛紛投入詩學研究 ê「Lie-ning-ku-la-toʾ大學」詩學理論講座 ê 創立是 Ji-li-mun-su-ki ê 功勞，按尼，聚集露西亞國內外濟濟專精 ê 詩學理論家共同討論詩學問題，將 Sang-khu-thu Pe-te-lu-pu-lu-ku 變作 hit-tong-chūn ê 詩學研究理論中心 ê IL-LI 詩學研究團體 ê 創立 kap 發展，會當講完全是 Hal-se-hu-ni-kho-hu ê 功勞。佇伊 ê 領導之下，chit ê 詩學研究 ê 團體，chin 緊 tioh 成為 hit 當時露西亞 ê 詩學理論研究 ê 核心，

---

[49] Che sī 伊 khah 早期 ê 教科書，後來 Hal-se-hu-ni-khoʾ-hu khoh 完成、出版 ê 教科書所得 tioh ê 評價甚至比 chit 本 khah 懸！

第 5 章：Sang-khu-thu Pe-te-lu-pu-lu-ku 詩學中心

集結 IL-LI 詩學研究團體成員 ê 研究，分別佇 1968、1978、1984 年所出版 ê 3 本論文集，以及 chit 2 ê 團體 ê 成員另外單獨發表 ê 論文 kap 專冊，iā 造成詩學理論 chin 大 ê 發展。Sang-khu-thu Pe-te-lu-pu-lu-ku 大學現任 ê 露西亞文學系系主任 Mu-la-to-hu（А. Б. Муратов，穆拉托夫）bat 講過下面 ê 話：「（chit ê）團體內底 ê 成員，包含 tio̍h 差不多所有現此時 siōng 重要 ê 詩學理論家；佇（面頂講 ê chit 3 本）論文集內底，討論 tio̍h 所有詩學理論 siōng 重要 ê 問題」（Муратов А. Б.，2000，tē 10 頁）。

Tē 3 ê 大貢獻，是 Hal-se-hu-ni-kho-hu 家己 tùi 詩學理論 ê 創見，伊憑 tio̍h 多年 tùi 詩學 ê 研究經驗，用形式主義 kap 結構主義為基礎，發展 chhut 家己 tùi 詩學 ê 獨到見解。伊 bat 表示：「抒情詩有 kúi 種主要 ê 情節類型。佇每 1 種類型內底攏會當 chhōe-chhut 家己典型 ê 規則。了解 chiah ê 規則會當幫助 lán 分析所有 ê 詩」（Холшевников. В. Е.，1985，tē 6 頁）。

IL-Li 詩學研究團體 ê 興起

IL-LI 詩學研究團體（стиховедческая группа ИРЛИ【Пушкинский Дом】）是國家科學研究院露西亞文學研究所 ê 詩學研究團體 ê 簡稱。Chit ê 團體 ê 領導者 tio̍h 是 Hal-se-hu-ni-kho-hu。Hal se hu ni kho hu 引導 chit ê 詩學研究團體 ê 成員，解決濟濟詩學頂懸 ê 問題。其實，IL-Li 詩學研究團體 ê 成員 chin 複雜，m̄-nā 是有 tùi「Sang-khu-thu Pe-te-lu-pu-lu-ku」各大學 ê 文學系所來 ê 教授 kap 學生，mā 有來自社會其他各階層 ê 詩學興趣者。甚至 3 ê kap Hal-se-hu-ni-kho-hu tang-chê 創立團體 ê 人中間 koh 有 1 名是物理學

家 Ba-siu-tah-chhi-kin （Г. С. Васюточкин，瓦修多曲金）。Chiah ê 人來自社會各階層，抱 tiòh 對詩學 ê 熱情 kap 對 Hal-se-hu-ni-kho-hu 理念 ê 看重 kap 認同來參加 chit ê 團體 ê 聚會。Chit ê 聚會延續 27 冬，it-tit kàu 1992 年因為 Hal-se-hu-ni-kho-hu ê 身體狀況 kap 其它 ê chit-kóa-á 原因 chiah 來停止聚會。Nā 是 kap 露西亞 20 世紀其它 ê 文學研究團體比 phēng，IL-Li 詩學研究團體 m̄-nā 佇成員 ê 多樣性大大贏過其他 ê 團體，甚至連存在 ê 時間 iā 超過其他 ê 團體 chin 濟。成員之一 ê Ba-siu-tah-chhi-kin tiòh 講：「親像 chit 款 ê 團體是以前 m̄-bat 聽過 ê：chin 出名 ê ОПОЯЗ [50] ê 成員 ka-nā『純粹』ê 語文學家 niā-niā，而且存在無超過 10 冬」(Васюточкин Г. С.，2000，tē 3 頁)。

Kap 形式主義、結構主義、文學符號學想 beh chhōe-chhut 1 種所有 ê 文學體裁攏會使適用 ê 通則無仝，Hal-se-hu-ni-kho-hu ê chiah ê 團體所研究 ê 對象，ka-nā 佇「抒情詩」[51] 頂懸。M̄-koh，因為 in ê 專心，hō chit ê 團體對詩學有 koh khah 深入 ê 見解。

抒情詩 ê 結構

Hal-se-hu-ni-kho-hu ê 詩學理論內底，siōng-kài 精要 ê 部分，會使講是伊對抒情詩「結構」ê 看法。Hal-se-hu-ni-kho-hu ê 詩學分析方法 ê tē 1 ê 特色，tiòh 是伊 m̄是直接 tùi 詩 ê 細部開始分析，伊認為任何 ê 文學作品攏有伊家己 ê 結構，所以看 chit 首詩 ài 先分析

---

[50] ОПОЯЗ：是「詩歌語言研究會」ê 簡稱，chit ê 會是露西亞 20 世紀初期建立形式主義 siōng 重要 ê 2 ê 團體之一。
[51] 有關抒情詩 kap 敘事詩 ê cheng 差 kap 分類 ê 方法，請參考本冊 ê「序」。

伊 ê 整體結構。Ché 是 Hal-se-hu-ni-kho-hu chit-ê 派別 kap 傳統 ê「形式主義」其中 1 種 siōng 大 ê 無仝。

Hal-se-hu-ni-kho-hu 認爲，抒情詩（Hal-se-hu-ni-kho-hu 講 ê 是「抒情詩」,敘事詩 kap 詩體小講等文類並無佇伊所講 ê 範圍內底）ê「結構」kap 散文、小講等等，非韻文 ê 作品 ê「情節」、「劇情」無仝。因爲「情節」kap「劇情」會使「用家己 ê 話」轉達。M̄-koh，抒情詩一般是「無情節」ê，伊所 beh 表達 ê，是 1 種情緒 iā 是刹那間 ê 情景。Nā 是講佇非韻文作品內底，情節 tiȯh 是事件 ê 繼續／順序發展；「佇抒情詩內底 it-tit 向最後發展、it-tit 延續落去 ê，是『詩 ê 形象』」（Холшевников В. Е.，1985，tē 8 頁）。Hal-se-hu-ni-kho-hu 所講 ê 抒情詩 ê「結構」，tiȯh 是讀者佇詩 ê 每 1 ê 部分所感受 tiȯh ê「詩 ê 形象」ê 綜合體, iā-tiȯh 是詩學分析所 ài 研究 ê 客體。Hal-se-hu-ni-kho-hu 接受結構主義有關「每 1 類 ê 文學作品攏有全款 ê『深層結構』」ê 理論，認同「抒情詩 ê 結構有幾項共同 ê 主要形式。佇 chiah-ê 形式內底會當 chhōe-chhut it-tēng ê 規則。了解 chiah ê 規則會使幫助 lán koh-khah 了解每 1 首詩」（Холшевников В. Е.，1985，tē 6 頁）。

抒情詩 ê 結構佇 Hal-se-hu-ni-kho-hu ê 分析之下，會當分作「起頭」、「中段」、「結尾」chit 3 ê 部分。

佇露西亞 ê 詩學研究者內底，siōng 早提出詩 ê「起頭」ê 特別性 ê，是 Sma-lian-su-ko（Смоленск，斯摩稜斯克）ê 詩學研究者 Pa-ie-hu-su-ky（Баевский В. С.，巴耶夫斯基）[52]。伊佇 1972 年

---

[52] 伊 tiāⁿ-tiāⁿ 來聖彼得堡參加 IL-Li 詩學研究團體 ê 聚會, iā 是

提出「佇抒情詩內底，tē 1 ê 詩句扮演 chin 特別，chin 無全款 ê 腳色。伊佇 chin 大 ê 程度上代表 tiȯh kui 首詩，顯示 tiȯh kui 首詩 ê 格律，語言建構以及內容。伊是 kui 首詩 ê 縮影」(Баевский В. С.，1972，tē 22 頁)。Hal-se-hu-ni-kho-hu 連尾手將 Pa-ie-hu-sky ê 想法做部分 ê 修正，提出「抒情詩 ê 開頭 tiāⁿ-tiaⁿ 會當 chiaⁿ 作 chit 首詩感情 ê 鎖匙」(Холшевников В. Е.，1985，tē 10 頁)，iā-tiȯh 是講，hō 讀者 1 看 tiȯh 詩 ê 起頭，tiȯh 隨時會當了解 chit 首詩 beh 表達 ê 情感。另外，Hal-se-hu-ni-kho-hu 認為，「佇抒情詩內底，起頭確實 tiāⁿ-tiaⁿ 是開始 ê tē 1 ê 詩句；m̄-koh，mā put-sî 出現起頭是開始 ê 前 2 句，甚至是是 4 句 ê 情形。Siōng 重要 ê m̄-是伊有 kúi 句，是起頭 ê 功能」(Холшевников В. Е.，1985，tē 10 頁)。後面，佇本論文台語詩 ê 分析 chit 部份，lán tiȯh 會使清楚看 tiȯh 起頭是按怎發揮伊 ê 功能。

照 Hal-se-hu-ni-kho-hu ê 分類，抒情詩 ê「中段」會當分作 4 類：1. thàu-lām 2 種無全 ê 形象，造成對話 iā 是衝突。2. 發展、演繹全 1 種中心 ê 思想。3. 邏輯化 ê 陳述道理。4. thàu-lām 頭前 3 類 ê 其中 2 類以上。

佇說明 tē 1 種情形 ê 時陣，Hal-se-hu-ni-kho-hu 引用露西亞 20 世紀初期出名 ê 詩人 Pu-liu-so-hu（В. Я. Брюсов，布留索夫）kap A-sie-ie-hu（Н. Асеев，阿謝耶夫）ê 話，講明「典型 ê 抒情詩攏是 2 種形象 ê 綜合」，詩「是綜合 ê 系統」。並且「詩 kap 詩 ê 無全 tiȯh 是佇伊所使用 ê（觀念）對話」(Холшевников В. Е.，1985，

Hal-se-hu-ni-kho-hu ê 朋友，tiāⁿ-tiāⁿ 互相送冊 hō 對方。

tē 14 頁)。

　　詩 ê 形象 ê「相對」,按照 Hal-se-hu-ni-kho-hu ê 分類,有「心理上 ê 映襯」(將人 ê 心理情緒 kap 周圍 ê 景物做對照,用風景 ā 是實際 ê 物件比喻抽象 ê 情緒),「將 2 種相對 ā-是衝突 ê 形象 khǹg 佇全 1 首詩內底」,kap「thàu-lām chìn-chêng 2 種」chit 3 種方式。Chit 3 種方式 ê「相對」攏會使是 2 種相對 ê 形象 ē「明顯」呈現 (iā-tiȯh 是利用句型、佇詩內底 ê 位置 ê sio 仝、相對,明白提示讀者相對形象 ê 所在)[53];mā 有可能是「無明顯」ê 呈現 (nn̄g 種相對 ê 形象所表現出來 ê 句法甚至所占 ê 比例攏無仝);有 tang-sî-á 甚至會使用「象徵」ê 方法來表現映襯。[54]

---

[53] 佇 Hal-se-hu-ni-kho-hu ê 論文內底伊舉下面 ê 例來說明:
　　順 tiȯh 溪水,順 tiȯh Kha-sang-kha 河
　　藍灰色 ê 水鴨 á leh 泅水。
　　順 tiȯh 岸邊,順 tiȯh 溪埔
　　善良 ê 少年人 leh 散步
佇 chit 段例詩內底,句型 ê sio 仝明顯提示 tiȯh 相對 ê 2 種形象:水鴨 á kap 少年人。

[54] 佇 Hal-se-hu-ni-kho-hu ê 論文內底伊舉 19 世紀露西亞浪漫主義詩人 Lie-li-mon-tho-hu ê 詩來說明:
　　無題〈Pha-hng ê 山頂,冷冽 ê 北方〉
　　Pha-hng ê 山頂,冷冽 ê 北方
　　1 叢青仔孤單 khiā 佇 hia。
　　伊搖來搖去 tī leh tuh-ku,蓬鬆 ê 霜雪
　　披佇身 lin,袂輸 leh 穿袈裟。

　　伊一直眠夢 tiȯh,佇遙遠 ê 沙漠
　　佇日頭出來 ê 所在;

「發展、演繹 chit 種中心 ê 思想」ê 中段 iā chin-chiap 出現，照 Hal-se-hu-ni-kho-hu ê 講法，佇愛情詩內底 tiāⁿ-tiāⁿ 會出現 chit 種形式 ê 中段。佇 chit 種中段內底，ka-nā 出現單 it ê 1 ê 形象。中段 ê 每 1 部分（it 般 tek 是「詩段」）攏是用無仝款 ê 方向去表現 chit ê 形象。M̄-koh，既然 kui 首詩是 1 ê 整體，m̄ 是分散 ê 個體。Tio̍h 算每 1 ê 部分攏是用無仝款 ê 方向來表達，頭前 ê 部分 kap 後 pêng 部分 it-tēng 會有某種牽連 iā 是演變 ê 軌道。Hal-se-hu-ni-kho-hu kā chit 種牽連號作「情節 ê 橋樑」。伊認為 nā 準講佇 leh 分析「thàu-lām 2 種無仝形象，造成對話／衝突」ê 中段形式內底 siōng 重要 ê 是 cháu-chhoe「對立 ê 形象」，按尼佇 chit 種形式 ê 中段內底，siōng 重要 ê tio̍h 是 cháu-chhoe「情節 ê 橋樑」。

Siōng 簡單分析 ê 中段，照 Hal-se-hu-ni-kho-hu-ê 看法，是「邏輯化 ê 陳述道理」。因為伊 ê 重點 tio̍h-是陳述 chit-種哲學、人生 ê 道理，順序 iā 攏是：「引言－論述－結論」。

有 ê 情節 khah 複雜 ê 中段 ē「thàu-lām 頭前 3 類 ê 其中 2 類以上」。Chit-tang-chūn beh 分析 ê 時陣 mā-tio̍h-ài 綜合 2 種以上 ê 中段分析法。

「結尾」是抒情詩內底 chin 重要 ê 部分。Hal-se-hu-ni-kho-hu 認為，抒情詩 ê 結尾 kap 非韻文內底劇情 ê 結束有 chin 大 ê 無仝：

　　佇燒熱 ê 山壁頂懸
　　Hit 叢孤單美麗 ê 棕櫚樹。

Chit 首詩雖然無講 liáu chin 明顯，m̄-koh 讀者攏會使發現，「心理 ê 映襯」佇 chit-ê 所在是「用青仔 kap 棕櫚來比喻 2 ê 相愛 m̄-koh 分開佇 2 ê 所在 ê 愛人」。

「劇情 ê 結束是衝突、it-tit 發展 ê 劇情 ê 結束」「抒情詩 ê 結尾－是確立詩內底 ê 情緒,思考 ê 結論,總結詩中造成衝突 ê 部分」(Холшевников B. E.,1985,tē 28-29 頁)。Iā-tioh 是講,it-poaⁿ 散文、小說 ê 結論是 kap 實際 ê 劇情有關係。M̄-koh 抒情詩本底 tioh m̄是 beh 表達確實 ê 劇情;伊是 beh 表達感情 kap 想法。所以抒情詩 ê 結尾 ê 重要性佇伊確立詩中主要 ê 情緒 kap 總結詩中 ê 論述。Hal-se-hu-ni-kho-hu 認爲,「所有詩內底 ê 思想運行 kap 情感攏是向結尾 ê 方向進行,因爲伊是(kui 首詩)ê 焦點,伊聚集所有詩中形象 ê 能量,tioh 親像所有(詩中 ê 元素)攏是因爲伊 chiah 來存在全款」(Холшевников B. E.,1985,tē 29 頁)。詩 ê 結尾有 chin 濟種,Hal-se-hu-ni-kho-hu 講 tioh「呼籲、提出問題、驚嘆、鼓吹」等等,有對象性 ê 結尾;「濃縮全詩 ê 形象,kā in 變成簡短 ê 1 句話(有 tang-sî-á 是格言、警語等等)」;以及「tó-péng」ê 結尾(tioh-是結尾所 beh 表現 ê 形象 kap 詩 ê 頭前部分所引導讀者 ê 方向 tó-péng。Chit 種 tó-péng 會使表現佇形式 kap 形象 ê 內容 2 部分,親像 chìn-chêng 攏有押韻,kàu 結尾 hiông-hiông soah 變成無押;chìn-chêng ê 部分攏講討厭,kàu 結尾 soah 變成 kà-ì 等等)。

抒情詩 ê 形式 kap 內容

　　Hal-se-hu-ni-kho-hu ê 詩學理論改進形式主義理論另外 1 ê 重要 ê 部分,tioh 是佇「形式」kap「內容」chit 方面:

　　講 tioh 詩 ê「形式」kap「內容」,「古典時期」[55]認爲「形式

---

[55] 佇 chit ê 所在是指 20 世紀以前西方「作家中心」ê 文學理論。

是內容 ê 奴才」,所以根本無重視形式,ka-nā 關心詩 ê 內容;「形式主義者」注重 ê 是「形式本身 ê 意義」,iā-tioh 是「形式」本身會當帶 hō 讀者 ê 感覺:每 1 ê 音聽起來無仝款 ê 感受;每 1 種重複排比 ê 技巧帶來 ê 印象等等。In 無注重內容,ka-nā 關心詩 ê 形式。

Hal-se-hu-ni-kho-hu khiā 佇古典主義 kap 形式主義攏已經沒落,甚至佇形式主義以後 chiah 佇露西亞流行 ê 結構主義 kap 符號學研究法攏已經 sió-khóa-á「落伍」ê 20 世紀「文本中心」主義後期,認為 ài 結合「形式」kap「內容」, chiah 會當理解 chit-tiâu 詩完整 ê 意義[56]。伊講「詩人 m̄ 是無張弛 kā 伊 ê 作品寫成詩 ê 形式」,所以「nā 是忽視 tioh 詩本身純粹 ê 結構, tioh 無法度明白抒情詩 ê 形象—主題」(Холшевников В. Е.,1985,tē 33 頁)。

啥物 hō 作「詩 ê 純粹結構」? Hal-se-hu-ni-kho-hu 解釋,講「Che 有 chin 濟成分」。Chiah ê 成分,其實分析起來, tioh 是形式主義講 ê「手路」。內底有語音 ê 重複(固定所在 kap 無固定 ê 所在),詩句 ê 長短(照台灣古詩 ê 講法:□言,按照外國 ê 算法,是□音步、□音節、iā-是□ê 重音),詩 ê 分段(kám 有分段,每 1 段有幾 ê 詩行),段落內底 ê 規律…等等,各種 ê 手路。

Hal-se-hu-ni-kho-hu ê 觀念,kap 符號學 ê 觀念是 chin 接近 ê。[57]

---

[56] 其實,20 世紀後期佇濟濟 ê 國家內底,文學研究 ê 中心理論攏慢慢 tùi「作者中心」轉成「讀者中心」。M̄-koh 佇露西亞 chit ê「文本中心」ê 重要發源國,it-tit kàu chit-má「文本中心」猶原是文學理論 ê 重點。既然是「文本中心」,Hal-se-hu-ni-kho-hu tioh 袂 khì 考慮「作者想 beh 表達啥物」iā-sī「讀者 ê 背景 tùi 閱讀文本有啥物影響」,伊所考慮,tioh ka-nā 是文本本身 niā-niā。

[57] 目前 iá 無直接 ê 證據,會當證明 Hal-se-hu-ni-kho-hu 佇 chit 方面 ê

符號學認為任何符號必須 ài 有意符 kap 意指 chiah 是完整 ê 符號，nā 是 ka-nā 意符 iā 是 ka-nā 意指，攏袂當算是完整 ê 符號。Beh 了解 1 ê 符號，mā ài 透過對伊 ê 意符 kap 意指 ê 了解 chiah 有法度。

Hal-se-hu-ni-kho-hu 將形式 kap 內容結合作夥，也 tio̍h 是將意符 kap 意指重頭結合。Nā 是講古典主義時期 ka-nā 重視意指，形式主義 ka-nā 重視意符，按尼 Hal-se-hu-ni-kho-hu 就是結合意符 kap 意指。

M̄-koh，佇經過 kui ê 20 世紀新文學理論 ê 洗禮以後產生 ê Hal-se-hu-ni-kho-hu 流派，已經 m̄ 是單純意符 kap 意指 ê 結合，是合成複雜 ê 系統：意符也有意符 ê 意符 kap 意指，意指也有意指 ê 意符 kap 意指。

早期符號學 ê 看法相對 khah 單純，認為任何符號攏是意符 kap 意指單純 ê 結合。Nā 是 kā chit 種看法用佇詩 ê 理論面頂，tio̍h 是講「押韻 kap 詩所 beh 表達 ê 感情有關係」，「詩句 ê 長短 kap 詩所 beh 討論 ê 物件互相有牽連」等等。M̄-koh，che 是解釋袂通 ê；「是按怎 1 首詩 beh 押「a」ê 韻？」「是按怎 1 首詩 beh 用 3 言 kap 7 言交替？」類似 chit 款 ê 問題傳統 ê 符號學攏無法度回答。

隨 tio̍h 形式主義對「手路」ê 研究 kap 符號學 ê 發展，演變成 chit-má 複雜 ê 符號系統：「意符」kap「意指」攏有雙重性，「意符」iā 有家己 ê「意符 kap 意指」，「意指」iā 有家己 ê「意指 kap 意符」。用佇詩學面頂，tio̍h 會當解答面頂 chiah ê 早期符號學無法度解決 ê 問題。對「押韻 kap 詩所 beh 表達 ê 感情有關係」，「是按怎 1 首

觀念是受 tio̍h 符號學 ê 影響。所以 chit-ê 所在 ka-nā 講「chin 接近」。

詩 beh 押『a』ê 韻？」chit ê 問題來講，因為詩所押 ê 韻（意符）ia 有家己 ê 意義（意符 ê 意指）。所以 1 首詩所押 ê 韻，會影響伊所 beh 表達 ê 感情，相對來講，1 首詩 beh 表達啥物款感情，伊 tiòh 會選擇相對 ê 韻來押。仝款來講，其他詩 ê「手路」（意符），mā 攏有家己 ê「意指」，會當 kap 詩中 ê「感情、道理」（意指）做連接。

Chit 種 Hal-se-hu-ni-kho-hu 提出 ê 詩 ê「形式」kap「內容」ê 關係，nā 是用現代符號學 ê 觀念來看（雖然 Hal-se-hu-ni-kho-hu 本身 m̄-bat 按尼解釋過），tiòh 是 1 條 ùi「詩 ê 各種手路 ê 外型 kap 讀音」（意符 ê 意符）kàu「chiah ê 手路 ê 效果」（意符 ê 意指），koh kàu「詩 beh 表達 ê 感情 kap beh 講明 ê 道理」（意指 ê 意符）kap「現實世界 ê 感情 kap 道理」（意指 ê 意指）ê 路途。

Chit 種詩學分析方法，會當 hō͘ 追求「詩所 beh 表達 ê 意涵」ê 人 chhōe-tiòh 科學性 ê 證據；iā 會 hō͘ 重視「詩 ê 手路」ê 人 chhōe-tiòh 手路存在 ê 意義。會當講是對形式主義 ê 缺陷做 chàp-chńg ê 修改。Iā 會當講，「文本中心」ê 文學理論 kàu-chia 達到高峰。

Sang-khu-thu Pe-te-lu-pu-lu-ku ê 2 ê 核心人物 Ji-li-mun-su-ki kap Hal-se-hu-ni-kho-hu 2 ê，m̄-nā 佇家己 ê 詩學教材內底「整合」liáu 20 世紀所有重要 ê 詩學理論，in 家己建立 ê 詩學理論，mā 綜合 20 世紀露西亞 siōng 重要 ê 文學理論 ê 精神：形式主義，結構主義，符號學等等，chiah ê 學科 ê 精神攏 hō͘ Sang-khu-thu Pe-te-lu-pu-lu-ku 中心綜合佇家己 ê 理論內底，in kā chiah ê 理論整合，用互相 ê 優點改進互相 ê 缺點，hō͘ 露西亞「文本中心」ê 詩學理論達到 siōng

完整,siōng 懸 ê 發展。其實,無論是形式主義,結構主義,文學符號學,iā 是 siōng 後尾 ê Ji-li-mun-su-ki kap Hal-se-hu-ni-kho-hu 詩學方法,攏是「文本中心」ê 文學理論。所有「文本中心」ê 文學理論攏 有共同 ê 開端:形式主義。Sang-khu-thu Pe-te-lu-pu-lu-ku 詩學中心 ê 理論集合泛露西亞 tùi 形式主義以來,iā 受 tiòh 形式主義深刻影響 ê 各種文本中心」重要理論 ê 優點 kap 精神,會使講為 20 世紀泛露西亞「文本中心」ê 詩學研究畫出完美 ê 句點。

第 4 節 Sang-khu-thu Pe-te-lu-pu-lu-ku 詩學分析法佇台語詩分析頂懸 ê 運用

　　Tiòh 親像 chin-chêng 所講,Ji-li-mun-su-ki kap Hal-se-hu-ni-kho-hu ê 理論有濟濟 sio-oah ê 所在。所以佇 chit 節內底,lán beh 用向陽 ê 詩《烏暗沉落來》做例,說明 sang-khu-thu Pe-te-lu-pu-lu-ku 詩學中心 chit 2 位領導者 ê 理論佇台語詩頂懸 ê 運用。下面是向陽 ê 詩作:

〈烏暗沉落來〉
　　——獻互九 21 集集大地動著驚受難 ê 靈魂

烏暗沉落來
對 lán 台灣 ê 心臟地帶
烏暗沉落來
對 lán 操煩哀傷 ê 心內
烏暗沉落來
當厝瓦厝壁揣勿會著歇睏 ê 所在

烏暗沉落來
我 ê 唇邊陷入斷裂 ê 生死絕崖

佇蝴蝶飛啊飛 ê 草埔
烏暗沉落來
佇鳥隻哮啊哮 ê 山崙
烏暗沉落來
佇溫暖 ê 燈火前，佇晚安 ê 嘴唇邊
烏暗沉落來
佇甘甜 ê 眠夢內底，佇柔軟 ê 眠床面頂
烏暗沉落來

烏暗，無得著 lán ê 允准，重晃晃沉落來
拆離橋樑，拆破山崙，拆開 lán 牽手相挺 ê 人生路
拆散 lán，鬢邊交代永遠無欲分開 ê 情加愛
烏暗，攏無給 lán 通知，烏嘛嘛沉落來
壓歹厝柱，壓落厝樑，壓害 lán 用心經營 ê 家庭
壓慘 lán，昔日下願花開月圓 ê 將來
烏暗，破瓦亂亂飛，沉落來
烏暗，砂石盈盈滾，沉落來

烏暗，沉，落來
我心酸酸，祈求世紀末 ê 悲哀早早過去

> 烏暗，沉，落來
> 我心糟糟，寄望美麗島 ê 傷痕趕緊好勢
> 烏暗沉落來
> 我心悶悶，但願冤死 ê 魂魄永遠會得通安息
> 烏暗沉落來
> 我心憂憂，期盼倖存 ê 生者繼續向前去拍拚

　　按照 Hal-se-hu-ni-kho-hu ê 結構理論，詩會當分作「起頭」、「中段」、「結尾」3 ê 部分。Chit 首詩 ê 起頭 chin 明顯，tiòh 是 tē 1 句「烏暗沉落來」。讀者接觸 tiòh chit ê 詩句以後，馬上 tiòh 會當了解 2 件代誌：chit 首詩 ê 主要感情是悲傷、災厄、不幸（烏暗沉落來）；以及 chit 首詩 nā 是有押韻，chin 有可能押「ai」韻，組成 chit 首詩 ê 主要格律之 lmā 有可能是「5 言」（1 具 5 字）。會當按尼推測，是因為詩 ê 起頭，tiòh 親像頂面 hit 節所講 ê，有佇「內容」kap「手路」暗示／預示讀者 ê 功能。事實上，若是將全詩讀 soah chiah koh tńg 來看「開頭」chit 句，會當發現其實重複出現 ê「烏暗沉落來」正正是 chit 首詩 ê「主導」手路——無論是押韻（kui 首詩 32 句內底有 22 句押韻，其中 16 句 ê 押韻是押烏暗沉落來 ê「來」）、格律（下面會分析），iā 是比喻（烏暗「沉落來」）、用詞等等，攏受tiòh 重複出現 ê「烏暗沉落來」影響。完全會當證明 Hal-se-hu-ni-kho-hu 所講，「起頭」ê 重要性。

　　「中段」ê 組成部分，佇 chit 首詩來講，是對 tē 2 句「對 lán 台灣 ê 心臟地帶」it-tit-kàu 尾仔 tē 2 句「我心悶悶，但願冤死 ê 魂魄永遠會得通安息」。

初初看起來，chit-tiâu 詩 ê「中段」是「發展、演繹 1 種中心 ê 思想」chit 種形式是絕對無疑問 ê。自 tē 1 段大概描寫「烏暗沉落來」ê 情形 it-tit kàu tē 2、tē 3 段加深「黑暗沉落來」ê 強烈感受，it-tit 連 kàu tē 4 段 ê 無奈 kap nǹg 望，會當講攏是 leh 講全 1 項中心思想：「地動」ê 代誌。M̄-koh 親像 Hal-se-hu-ni-kho-hu 所講，nā-是 tú-tióh chit 種形式 ê 中段，tiòh ài 將注意力 khǹg 佇「發展、演譯 ê 脈絡」面頂。

Chit 首詩分作 4 段，每 1 段攏是 8 chòah。詩 ê「中段」，若 koh 按照「發展、演譯」ê 脈絡來分，會當 koh 分作 3 部分：Tē 1 段 kap tē 2 段 ê 部分，tē 3 段 ê 部分，以及 tē 4 段 ê 部分。

Tē 1 段 kap tē 2 段 ê 演變，是「加深」感受 ê 2 段，是互相影響 ê 2 段，是互相有牽連，有接續「發展」ê 2 段。是按怎講 neh？Chit ê 問題 tiòh ài tùi「手路」kap「內容」ê 角度來解釋：tē 1 段 kap tē 2 段 ê 主要連接之 it，是佇 leh chit 2 段攏 ū 1 半 ê 詩句是重複「烏暗沉落來」，而且 2 段攏是用「烏暗沉落來」chit ê 動詞詞組，來 chiaⁿ 作段落主要 ê 意像來源。

露西亞 ê 詩因爲是「音節──重音詩」，所以根據重音 ê 位置 kap 出現 ê 頻率會當將格律分作「×音步〇格」詩[58]。m̄-koh，tiòh 親像前 1 節所講 ê，台語詩是特殊 ê「詞數詩」，格律 ê 單位 mā 攏無重音、非重音 ê 分別，ka-nā 會當用詩 chòah ê「長度」來 chiaⁿ

---

[58]「×」是數字，tiòh 是每 1 ê 詩行內底重音 ê 數目。「〇」是「抑」kap「揚」ê 配合，表示重音節（揚）kap 非重音節（抑）ê 交錯情形。親像「4 音步抑揚格」(4-х стопный ямб) tiòh 是每 1 ê 詩行內底有 4 ê 重音節，而且是先出現非重音節 chiah 出現重音節。

作格律分析 ê 依據。

　　轉來 chit 首詩：講 tiòh 頭前 chit 2 段詩表現 ê 感情是「加深」感受，lú 來 lú 負面、lú 來 lú 悲傷 ê 原因，tē-it 是因為詩句 ê 字數：tē 1 段 ê 8 chōah 詩全部攏押「ai」韻。而且 khia 數句攏是 it-tit 重複 5 字 ê「烏暗沉落來」。雙數句是「9, 9, 13, 13」ê 字數。所以 kui ê 第 1 段每 1 chōah 詩行 ê 字數分別是「5, 9, 5, 9, 5, 13, 5, 13」。任何 ê 詩 chōah 內底 nā 是 lú 少字，節奏 tiòh 會 lú 緊；lú 濟字，節奏 lú 慢，sio-óa ê 2 ê 詩 chōah 字數差別 lú 大，造成 ê 感覺 iā lú 強烈。所以 nā 是 kā tē 1 段分作 2 半，頭前 hit 半 ê 字數是「5, 9, 5, 9」，cheng 差 4 ê 字――短變長 ê 4 ê 字。後壁 1 半 ê 字數 cheng 差 8 ê 字。Cheng-chha ê 字數 ê 增加，會造成節奏 lú 來 ú 強烈 ê 感覺，tú-á-hó 配合 lú 來 lú 強烈 ê 形容：1 開始是佇「台灣 ê 心臟地帶」――ka-ná kap「我」無直接 ê 關係；koh 來是「lán（…）ê 心內」――雖然是「lán」，m̄-kó sió-khóa-á 抽象。Tē 1 段尾仔 2 句 tiòh 真具體 loh：佇「厝瓦厝壁揣勿會著歇睏 ê 所在」,「我 ê 厝邊」甚至「陷入斷裂 ê 生死絕崖」。也 tiòh 是講，隨 tiòh「形式」（字數差別）kap「內容」sio 配合 ê 演變，詩 ê 張力佇 tē 1 段是 lú 來 lú 強烈。

　　進入 tē 2 段以後，詩 ê 字數分配產生 1-kóa-á 改變：te 1 段是先少字 chiah koh 濟字；tē 2 段是先濟字 chiah koh 少字。由濟 kàu 少 ê 排列，tú-tú-á kap tē 1 段 tó-péng，會來造成 lú 來 lú 弱化 ê 感覺。Cheng-chha ê 字數 lú 濟，雖然對比加強，m̄-koh 弱化 ê 效果 mā lú 好。所以隨 tiòh 2 句 2 句 ê 字數 cheng-chha tùi「4, 4」it-tit 增加 kàu「9, 11」弱化 ê 感覺 it-tit 增加。Kap chit 種「形式」配合 ê，是「內

容」ê 柔化：頭前 4 句 ê 名詞「蝴蝶」,「草埔」,「鳥隻」,「山崙」攏是大自然（khah 庄腳）ê 景緻，hō 人相對「平靜」ê 感覺。後壁 4 句所使用 ê 名詞「燈火」,「嘴唇」,「眠夢」,「眠床」,是「家庭生活」ê 物件，攏 hō 人「安穩」、「甜蜜」、「幸福」ê 感覺；甚至形容 chiah ê 名詞 ê 形容詞是「溫暖 ê」,「晚安 ê」,「甘甜 ê」,「柔軟 ê」。會使講相對 tē 1 段，tē 2 段無論是佇「形式」iā 是「內容」,攏有「柔化」ê 感覺。M̄-koh，chit 種 ê「平和」m̄ 是甜蜜 ê 平和，因為每 1 ê 雙數句攏出現「烏暗沉落來」。佇「形式」方面，詩句字數 cheng-chha ê 放大，產生 lú 大 ê，增強 liáu khia 數句「甜蜜平和」kap 雙數句「災厄降臨 ê 無奈」ê 對比效果。

佇「押韻」ê 角度來看，這首詩整首每 1 段攏押「ai」韻。chit ê 韻是由主要母音「a」kap 母音字尾「i」組成。「a」是低母音，也 tioh 是講發音 ê 時陣 chhùi peh kàu siōng 開，氣 kap 聲音直接經過 peh 開 ê chhùi 送出，無任何阻礙。相對來講「i」是懸母音，發音 ê 時 chhùi 差不多攏總合起來，氣 kap 聲音經過 khah 狹 ê chhùi 送出。「ai」由 chin 順、無阻礙 kàu 有阻礙 ê chit 種發聲方式，tú 好對比人 ê 心情由歡喜 kàu 哀愁。所以台語內面「哀愁」ê「哀」(ai)，形容代誌不妙 ê「䆀」(bái)，形容惡人 ê「pháiⁿ」,攏是「ai」韻 ê 字[59]。Kui 首詩 ê 韻，造成本詩哀傷、憂愁 ê 氣氛。

第 1 段全攏押韻。chit ê 每句押韻（是「ai」韻！），hō kui 首詩 ùi 開始 tioh 充滿憂愁 ê 氛圍，使人心頭袂 su 有重物仝款。

---

[59] 另外，台語 ê「憂」,「愁」ê 韻「iu」,華語 ê「愁」,「仇」ê 韻「ㄜㄨ」也有異曲同工之妙，只是以嘴巴開闊 ê 對比度來說，還是「ai」最大。

Koh 再看第 2 段。若是 ka-nā 看 khia 數句，tiòh 攏是描寫溫暖、令人開心 ê 事物：「蝴蝶飛啊飛 ê 草埔」、「鳥隻哮啊哮 ê 山崙」、「溫暖 ê 燈火前，晚安 ê 嘴唇邊」、「甘甜 ê 眠夢內底，柔軟 ê 眠床面頂」。Chiah ê hō͘人感覺溫暖、歡喜 ê 事物 kap 代表地震、哀傷、破壞 ê「烏暗沉落來」chiaⁿ 作對比，tú 好 kap「押（ai）韻」／「不押（ai）韻」結合。表達哀傷 ê 所在押代表哀傷 ê 韻，表達溫暖 kap 喜悅 ê 地方無押韻。形式 kap 內容 ê 配合非常明顯。

相對頭前 2 段 ê 無奈，tē 3 段是 ê 描寫已經產生變化（所以頂面 chiah 會講以「中段」ê 角度來看，頭前 2 段是全 1 組，tē 3 段 koh 是另外 1 組）。Chit 段是 kui 首詩感情 siōng 強烈 ê 部分。Chit 段詩佇內容方面描寫 tiòh 地動 ê 情景，用 ê 動詞大部分 nā m̄是有「拆」ê 詞根，tiòh 是有「壓」ê 詞根，親像「沉落來」、「拆離」、「拆離」、「拆散」、「壓歹」、「壓落」、「壓害」、「壓慘」等等。完全 kā 地動 ê 情形描寫出來。對應 chit 種內容 ê 形式，是 1. 除 liáu 尾仔 2 句以外，每 1 ê 詩句 ê 字數無 sio 仝；相對其他 3 段每 1 段 攏佇詩句 ê 字數面頂 ū sio 配合（重複仝款 ê 字數），顯示 liáu 地動 ê 雜亂無章 kap 破壞原本 ê 平衡。2. Chit 段詩 ê 平均字數 siōng 濟（分別是「15, 19, 17, 14, 18, 14, 10, 10」）。Chit 種比 it-poaⁿ ê 詩句 khah 濟 ê 詩句（khoh 加上詩句字數無 it tēng ê 規則！），增加無協調、雜亂 ê 感覺。另外，第 3 段押韻 ê 詩 chòah 佇 8 句內底有 6 句。6：8 ê 比例其實已經算是懸 ê 比例。這段 ê ai 韻加強了頭前所講，由格律 kap 詞意所造成 ê 哀愁、沉重 ê 感覺。

Tē 4 段詩 ê 內容，ùi tē 3 段 ê 激動，轉變 tńg 來相對平和 ê 情

緒。動詞 iā 變成「祈求」、「寄望」,「但願」,「期盼」chiah ê 有「請託」ê 味 ê 詞。佇字數方面,mā 恢復 kap tē 1 段 khah sio-siâng-ê 安排:khia 數句 5 字,雙數句分別是「16, 16, 18, 18」字。最後 1 段 kap 第 2 段仝款,攏是 4 詩句押韻。無仝 ê 所在,是第 2 段是佇雙數句 ê 所在押韻,khia 數句無押;第 4 段是 khia 數句押,雙數句無押。關鍵佇 leh——chit 2 段詩仝款是由 8 ê 詩句組成 1 段。也 tio̍h 是講,每 1 段攏是雙數句結尾。相對第 2 段 ê 無押－押－無押－押…ê 感覺,也 tio̍h 是溫暖－沉重－(另外 1 ê)溫暖－沉重…,第 4 段 ê 押－無押－押－無押…反映出沉重－放鬆－沉重－放鬆 ê 感情。押 kap 無押 ê 對比,形式 kap 內容 ê 配合度,佇詩中表露無疑。

　　以上 tio̍h 是對 chit 首「烏暗沉落來」ê「中段」ê 分析。值得注意 ê,是雖然 chit 首詩 ê「中段」siōng 主要 ê 脈絡是「仝 1 種中心思想 ê 發展 kap 衍繹」,m̄-koh,佇全部 ê 詩句內底,有 3 ê 所在值得 lán 來注意:tē 1 ê 所在是雖然 chit 首詩講 ê 是地動,是 921 大地動,m̄-koh kui 首詩無出現任何 1 擺「地動」chit ê 詞。佇詩內底,用 ê 是「烏暗沉落來」。用「烏暗沉落來」來代替 921 大地動 chit 種象徵 ê 手法,正正 tio̍h 是面頂所引用,Hal-se-hu-ni-kho-hu 講 ê chit-種「中段」ê 形式:「心理上 ê 映襯」。

　　Tē 2 ê 所在,是 tē 2 段 ê khia 數句 kap 雙數句。Chit 段內底 ê khia 數句,佇「內容」kap「形式」攏 kap 雙數句相對,佇 chit ê 所在出現 2 種 ê「形象」:溫柔、甜蜜 ê 形象(khia 數句),kap 烏暗、壓迫 ê 形象(雙數句)。Ché ia-是「結合 2-種對立 ê 形象」ê「中段」

形式之1。

Tē 3 ê 所在是 tē 4 段──iā tiòh 是 siōng 尾仔段──kap tē 2 段仝款，佇 chit 段出現 2 種對立形象 ê 結合（佇形式 kap 佇內容頂懸），分別是 khia 數句 ê 烏暗、壓迫 kap 雙數句 ê 期待。

總結起來，chit 首詩 ê 中段其實並無 hiah-nī-á 單純，伊是 1 ê 主要 ê「中心思想 ê 發展 kap 演繹」，加上 1 ê「心理上 ê 映襯」kap 2 ê「對立形象 ê 結合」所形成 ê。

詩 ê 結尾是 siōng 尾仔 2 句。Chit 2 句「烏暗沉落來／我心憂憂，期盼倖存 ê 生者繼續向前去拍拚」m̄-nā 佇內容方面有「總結全文」、「濃縮全文力道」ê 效果，連形式 iā 是 chit 首詩內底典型 ê 結構：由 1 句「烏暗沉落來」加上 1 句 khah 長 ê 詩句。Chit 2 句詩，kā chit 首詩 ê 情緒，chhōa-hiòng 1 ê 看來 ka-nā 是結束，m̄-koh 事實上充滿「餘味」ê 氣氛。

結語

　　台灣母語需要保惜，母語文學 ê 研究更加是目前臺灣文學研究 chin 時行 ê 部分。M̄-koh 佇母語 ùi「無論品質，有 tiòh 好，lú 濟 lú 好」ê「母語運動」時代 beh 進入「講究品質」ê「正式學術」。新 ê 研究法確實有伊出現 ê 必要性。

　　文本中心 ê 出現，提供文學界新 ê 角度看文本。雖然佇文本中心主宰文壇 ê 時代結束 liáu 後，koh 出現濟濟 koh khah 新 ê 文學理論，親像讀者中心、解構主義、後殖民理論、女性主義、「酷兒」理論，甚至最近 chin 時行 ê，結合文學 kap 傳播 ê 種種理論⋯等等。M̄-koh 除 liáu 文本中心 chiah ê 理論以外，無任何理論會當提供「有科學性」ê 文學研究法。文學「外部研究」ê 欠點，tiòh 是所有 ê it 切攏 ka-nā 有法度「hō 作品家己證明」（引用作品內底 ê 段落來證明所講 ê 理論，m̄-koh 無法度進 1 步 túi 所引用 ê 內容做分析 kap 說明）。相對來講，文學「內部研究」ê 欠點 tiòh 是無法度 hō 作品 kap 現實生活連結起來。所以佇 21 世紀 ê chit-má，學習文本中心理論有 1 ê 重要 ê 概念：會當將文本中心 chiah ê 科學性 ê 研究法，提來證明所 beh 論述 ê 文學「外部道理」——親像結合文本中心 kap 女性主義，1 方面會當探討女性 hông 壓迫 ê 情形，另外 1 方面 koh 會當 tùi 文本作詳細 ê 分析，用科學性 ê 方法來證明 chit 篇文本確實 beh 表達 ê tiòh 是女性主義 ê 概念。Chit 種結合「外部」kap「內部」研究 ê「內外部研究」，正是露西亞文

本中心文學研究者發展 kàu taⁿ 得出來 ê 結論。結合露西亞文學理論 kap 台語現代詩研究,無定 tiȯh 會當發展出台語文學研究 ê 特色,開闢出 1 條新 ê 道路。

參考冊目

露西亞語

1. Баевский В. С. Стих русской советской поэзии. Смоленск, 1972.
2. Бахтин М. М. Эпос и роман.（О методологии исследования романа）// Бахтин М. М. Литературно-критические статьи. М., 1986.
3. Бахтин М.（П. Н. Медведев）Формальный метот в литературоведении. М., 1993.
4. Бухаркин П. Е., Гринбаум О. Н. Гармония строфического ритма в эстетико-формальном измерении（на материале «Онегинской строфы» и русского сонета）// Язык и речевая деятельность СПб., 2001. Т. 4, ч. 1.
5. Васюточкин Г. С. Жизнь и десятки тысяч стихотворных строк // Вечерный Петербург. № 158（21843）. 30 авг. 2000
6. Виноградов В. В., О стиле Пушкина („Литературное Наследство", № 16—18, 1934, стр. 135—214）.
7. Виноградов В. В., Язык Пушкина. Пушкин и история русского литературного языка. Academia, 1935.
8. Виноградов В. В., Стилистика. Теория поэтической речи, Поэтика. М., 1963.

9. Виноградов В. В., О теории художественной речи. М., 1971.
10. Виноградов В. В., О поэзии Анны Ахматовой. // Виноградов В. В. Поэтика русской литературы. М., 1976. С. 369-459.
11. Виноградов В. В., Проблемы русской стилистики. М., 1981.
12. Виноградов В. В., Стиль прозы Лермонтова // Виноградов В. В. Язык и стиль русских писателей: от Карамзина до Гоголя. М., 1990. С. 182-270.
13. Виноградов В. В.(Отв. Ред.), Словарь языка Пушкина: в 4 т. 2-е изд., доп. . М., 2000.
14. Гаспаров М. Л. Предисловие к Лекции по структуральной поэтике Ю. М. Лотмана // Ю. М. Лотман и тартуско-московская семиотическая школа. М., 1994. С. 11-16.
15. Гиндин С. И. Общее и русское стиховедение: систематический указатель литературы, изданной в СССР на русском языке с 1958 по 1974 гг. // Исследования по теории стиха. Л., 1978. С. 152-222.
16. Жирмунский В. М. Поэзия Александра Блока. Л., 1922.
17. Жирмунский В. М. Теория стиха. Л., 1975.
18. Жирмунский В. М. Теория литературы. Поэтика. Стилистика. Л., 1977.
19. Жирмунский В. М. Введение в литературоведение. Л., 1996.
20. Лихачев Д. С. О теме данной книги // Виноградов В. В. О теории художественной речи. М., 1971. С. 212 - 232.

21. Лотман Ю. М. Лекции по структуральной поэтике// Ю. М. Лотман и тартуско-московская семиотическая школа. М., 1994.

22. Лотман Ю. М. Анализ поэтического текста // Лотман Ю. М. О поэтах и поэзии. СПб., 1996. С. 18-253.

23. Лотман Ю. М. : М. Ю. Лермонтов.（Анализ стихотворений）// Лотман Ю. М. О поэтах и поэзии. СПб., 1996（a）. С. 810-828.

24. Лотман Ю. М. и Минц З. Г. О стихотворении М. Ю. Лермонтова «Парус»// Лотман Ю. М. О поэтах и поэзии. СПб., 1996（b）. С. 549-552.

25. Лотман Ю. М. Структура художественного текста // Лотман Ю. М. Об Искусстве. СПб., 1998. С. 14-287.

26. Лотман Ю. М. Внутри мыслящих миров // Лотман Ю. М. Семиосфера. СПб., 2000. С. 150-391.

27. Мояковский В. В. Как делать стихи? // Мояковский В. В. Полн. Собр. Соч.: В 13 т. Т. 12. М. 1959.

28. Мукаржовский Ян. Литературный язык и поэтический язык. Перевод с чешского А. Г. Широковой.// Пражский лингвистический кружок: сборник статей. М., 1967. С. 406-431.

29. Мукажовский Ян. К чешскому переводу «Теории прозы» Шкловского.// Мукажовский Ян. Структурная поэтика. М., 1996.

30. Муратов А. Б. 2000, Слово о Холшевникове // Онтология стиха: Памяти Владислава Евгеньевича Холшевникова. СПб., 2000. С. 10.

31. Муратов А. Б. 2000, Список научных трудов В. Е. Холшевникова // Онтология стиха: памяти Владислава Евгеньевич Холшевникова. СПб., 2000. С. 329-336.

32. Мясников А. Проблемы раннего русского формализма // Контекст 74. М., 1975.

33. Тороп П. Тартуская школа как школа // В честь 70-летия профессора Ю. М. Лотмана. Тарту. 1992. С. 5-19.

34. Тынянов Ю. Проблема стихотворного языка. М., 1965.

35. Успенский Б. А. К проблеме генезиса тартуско-московской семиотической школы// Ю. М. Лотман и тартуско-московская семиотическая школа. М., 1994. С. 265-278.

36. Ханзен-Лёве Оге А. Русский формализм: Методологическая реконструкция развития на основе принципа остранения. М.. 2001.

37. Холшевников В. Е. Основы стиховедения: Русское стихосложение: Пособие для студентов филологических факультетов. Л., 1962.

38. Холшевников В. Е. Основы стиховедения: Русское стихосложение: Учебное пособие. 2-е изд., перераб. Л., 1972.

39. Холшевников В. Е. В. М. Жирмунский--стиховед //

Жирмунскй В. М., Теория стиха. Л., 1975. С. 643-660.
40. Холшевников В. Е. Мысль, вооруженная рифмами: Поэтическая антология по истории русского стиха. Л., 1983.
41. Холшевников В. Е. Анализ композиции лирического стихотворения // Анализ одного стихотворения: межвузовский сборник под ред. В. Е. Холшевникова. Л., 1985. с. 5-48.
42. Холшевников В. Е. Мысль, вооруженная рифмами: Поэтическая антология по истории русского стиха. 2-е изд. Л., 1987.
43. Холшевников В. Е. Основы стиховедения: Русское стихосложение: Учебное пособие для студентов филологических факультетов. 3-е изд., перераб. СПб., 1996.
44. Холшевников В. Е. Основы стиховедения: Русское стихосложение: Учебное пособие для студентов филологических факультетов. 4-е изд., испра. и доп. СПб., 2002.
45. Хэ Синь-Хан Петербургские центры русского стиховедения в последней трети XX века. СПб., 2003. Кондидатская диссертация Российской АН ИРЛ (Пушкинский Дом).
46. Царькова Т. С., Ляпина Л. Е. Памяти Владислава Евгеньевича Холшевников // Русская литература: историко-литературный журнал. 2001. № 1. СПб., С.

270-271.

47. Шкловский В. Ход коня（1919-1923）// Гамбургский счет: статьи-воспоминания-эссе. М., 1990（a）. С. 74-185.

48. Шкловский В. Воскрешение слова（1914-1917）// Гамбуркский счет : статьи-воспоминания-эссе. М.. 1990 （b）.

49. Шкловский В. 1983. О теории прозы（1929）// Теории прозы. М., С.9-25.

50. Якобсон Р. О. Лингвистика и поэтика // Структурализм: "За" и "Против". М., 1975. С. 193-230.

51. Якобсон Р. О. Работы по поэтике. М., 1987.

52. Якобсон Р. Новейшая русская поэзия// Якобсон Р. Работы по поэтике.М.: Прогресс. 1987. С. 272-316.

台／華／英語

【A】亞里斯多德〈2003〉詩學。出自：章安祺編《西方文藝理論史精讀文獻》，北京，頁 31-54。

【Barthes】Barthes Roland La mort de l'auteur。Chit 篇是 1968 年發表，本論文所用的是林泰翻譯 ê 簡體中文版本：趙毅衡編選（2004）符號學文學論文集，天津，505-512 頁。

【Bennett】Bennett, Tony. 2000. Formalism and marxism. London: Taylor & Francis Grȯp.

【Erlich】Erlich, Victor. 1981. Russian Formalism: History--Doctrine.：原文用英語寫作，本冊所使用 ê，

是露西亞語 ê 翻譯本：Эрлих В. Русский формализм: история и теория. СПб.: Академический проект. 1996.

【Ho5】何信翰（2006a）「新形式主義」tī 台語詩研究頂 kôan ê 運用。出自：詩歌 kap 土地 ê 對話──台語文學學術研討會。台南市。頁 4-1~4-14。

【Ho5】何信翰（2006b）「主導」ê 觀念 kap 伊 tī 台語詩研究頂 kôan ê 運用。出自：第三屆台灣羅馬字國際學術研討會論文集。台北。頁 265-280。

【Hui3】費爾迪南・德・索緒爾著，屠友祥譯（民 91）索緒爾第三次普通語言學教程（1910-1911）。臺中縣龍井鄉：廣陽譯學。

【Kim】金永兵（2003）關於文學理論學科定位的思考。出自：文藝研究，2003 卷第 2 期。中國，北京：文藝研究。

【Nga2】雅可布森（2004）主導。出自：符號學文學論文集。中國，天津：百花文藝。頁 7-14。

【Lau5】劉永紅（2006）詩本・詩築・詩析──洛特曼的詩本結構分析法及其驗證。出自：王立業主編，洛特曼學術思想研究。哈爾濱，黑龍江人民出版社。頁 24-31。

【Li2】李翠瑛（2004）詩情音韻──論新詩的內在節奏及其形式表現手法。出自：台灣詩學學刊第四號。台北，頁 63-88。

【Lo5】羅伯特・休斯（1994）文學結構主義。台北市：桂冠圖書。

【Ou5】胡民祥（2004）蕃薯發新芛。出自：《茉莉鄉紀事》，台南市：開朗雜誌，頁 50-55。

【Piaget】Piaget Jean（1970）Structuralism. New York.

【Pou3】傅月庵（2005）母親的名字叫台灣！台灣的名字是番薯？。出自：文訊，第238期，頁46-47。

【Song3】宋偉（2004）文學理論話語的獨立與自覺。中州學刊，2004 年第 3 期。中國，河南：中州學刊。

【Tan5】陳文瀾（2003）番薯如何變成鯨魚。出自：文化視窗，第53 期，台北市：文建會，台中市：文化總會中部辦公室承辦，頁52-53。

【Teng】丁鳳珍（2006）Àn陸地siû向海洋，ùi蕃薯tńg做海翁─李勤岸台語詩ê台灣意象ê探討。出自：2006台語文學學術研討會論文集。

http://www2.twl.ncku.edu.tw/~uibun/conf/2006taigi/githeng/papers/Teng-HongTin.pdf

【Tio3】趙毅衡（2004）符號學的一個世紀。出自：符號學文論文集。中國，天津：百花文藝。2004。頁 3-67。

【TiuN】張冰（2000）陌生化詩學：俄國形式主義研究。北京：北京師範大學出版社。

附錄：本冊使用 ê 露西亞地名 kap 人名 ê 台／露／華對照表

（按照台語字母順序排列）

人名

A-sie-ie-hu：Н. Асеев／阿謝耶夫

Ah-ma-ta-ba：А. Ахматова／安娜・阿赫瑪托娃

Ba-siu-tah-chhi-kin：Г. Васюточкин／瓦修多曲金

Bi-na-khu-li：Г. Винокур／維納庫爾

Bi-na-ku-la-toʼ-hu：В. Виноградов／維若格納多夫

Bie-sie-loʼ-hu-su-ki：А. Веселовский／維謝洛夫斯基

Chhe-li-ni-se-hu-su-ki：Н. Чернишевский／車耳尼雪夫斯基

Ei-hin-pau-mu：Б. Эйхенбаум／艾興褒姆

Fa-li-tu-na-tho-hu：Фортунатов／法爾杜那多夫

Hal-se-hu-ni-kho-hu：В. Холшевников／赫爾雪尼科夫

I-ban-noʼ-hu：В. Иванов／伊凡諾夫

Ia-kha-pu-song：Р. Якобсон／羅曼・雅可布森

Ji-li-mun-su-ki：В. Жирмунский／日爾蒙斯基

Ka-su-pa-loʼ-hu：М. Гаспаров／加斯帕洛夫

Koʼ-koʼ-li：Н. Гоголь／果戈理

Ku-khoʼ-hu-su-ki：Г. Гуковский／古科夫斯基

Kha-la-mu-chin：Н. Карамзин／卡拉姆金

Khu-li-l o͘-hu：И. Крылов／克雷洛夫

La-ma-no-sa-hu：Ломаносов／羅曼諾索夫

Li-ha-chhi o͘-hu：Д. Лихачев／李哈喬夫

Lie-li-mon-tho-hu：М. Лермонтов／萊蒙托夫

Lo͘-tho-man：Ю. Лотман／洛特曼

Ma-ia-kho-hu-su-ki：В. Мояковский／馬雅可夫斯基

Mang-te-si-tan：О. Мандельштам／孟德斯坦

Ming-chhu：Минц／明茨

Mu-kha-lo͘-hu-su-ki：Ян Мукажовский／穆卡洛夫斯基

Mu-la-to-hu：А. Муратов／穆拉托夫

Pa-ie-hu-su-ky：В. Баевский／巴耶夫斯基

Pa-te-pu-nia：А. Потебня／波特別納

Pah-chin：М. Бахтин／巴赫金

Pie-lin-su-ki：В. Белинский／別林斯基

Pu-hal-khi-ni：П. Е. Бухаркиный／布哈爾金尼

Pu-liu-so͘-hu：В. Брюсов／布留索夫

Pu-lo͘-khu：А. Блок／布洛克

Phu-lo͘-phuh：В. Пропп／普洛普

Phu-si-kin：А. Пушкин／普希金

Se-lo-pa：Л. В. Щерба／薛爾巴

Si-kho-lo͘-hu-su-ki：В. Шкловский／什克洛夫斯基

Sia-ho-ma-tha-hu：Шахматов／沙赫瑪多夫

附錄：本冊使用 ê 露西亞地名 kap 人名 ê 台／露／華對照表

Ta-lo-su-thoi：Л. Толстой／托爾斯泰

Ta-su-ta-ie-hu-su-ki：Ф. Достоевский／杜斯妥耶夫斯基

Tha-ma-se-hu-su-ki：Б. Томашевский／湯瑪雪夫斯基

Tho-le-chi-ia-kho-hu-su-ki：Тредьяковский／特列季亞科夫斯基

Tho-lu-pie-chhu-ko-i：Г. Трубецкой／圖魯別茨科伊

Thu-lu-pie-chhu-kho-i：Трубецкой／吐魯別茨科伊

To-i-nia-no-hu：Ю. Тынянов／第亞諾夫

To-lo-chhu-ki：Л. Троцкий／特洛茨基

U-su-pian-su-ki：Б. Успенский／烏斯邊斯基

地名

露西亞：Россия／俄羅斯

Lie-ning-ku-la-tơ：Ленинград／列寧格勒

Ma-su-kho-ba：Москва／莫斯科

Phu-la-ku：Прага／布拉格

Sang-khu-thu Pe-te-lu-pu-lu-ku：Sang-khu-thu Pe-te-lu-pu-lu-ku／聖彼得堡

Sma-lian-su-ko：Смолснск／斯摩稜斯克

Tha-lo-thu：Тарту／塔爾圖

國家圖書館出版品預行編目資料

泛露西亞詩學理論 kap 台語現代詩研究/何信
翰 作. --初版. --台北縣永和市：Airiti Press,
2010.1
面；公分
參考書目：面

ISBN 978-986-6286-04-9（平裝）
1. 台灣詩 2. 新詩 3. 台語 4. 詩評

863.21   99001560

泛露西亞詩學理論 kap 台語現代詩研究

作者／何信翰　　　　出版者／Airiti Press Inc.
總編輯／張芸　　　　台北縣永和市成功路一段 80 號 18 樓
責任編輯／呂環延　　電話：(02)2926-6006
　　　　　宋念貞　　傳真：(02)2231-7711
封面設計／吳雅瑜　　服務信箱：press@airiti.com
　　　　　　　　　　帳戶：華藝數位股份有限公司
　　　　　　　　　　銀行：國泰世華銀行　中和分行
　　　　　　　　　　帳號：045039022102
　　　　　　　　　　法律顧問／立暘法律事務所　歐宇倫律師

ISBN／978-986-6286-04-9
出版日期／2010 年 1 月初版
定價／NT$ 300 元

版權所有　翻印必究　Copyright @ 2010 Airiti Press　Printed in Taiwan